Frei wie der Wind
Ein Leben auf zwei Rädern

von Lommel

ISBN 978-3-937542-12-6
1. Auflage Dezember 2012

Cover + Illustrationen: Mascha Design

Inhalt

Endlich ein eigenes Motorrad

Sonnenstrahlen zucken durch die Schlitze der heruntergelassenen Jalousie im Schlafzimmer. Der Wecker rasselt im dauernden Ton. Ich schlage mit geschlossenen Augen und geballter Faust auf ihn ein. Ruhe! Es ist Sonntag. Da ich schon mal wach bin, schüttele ich ordentlich meinen Kopf und bin fit. Beim Aufstehen fallen ein paar Motorradzeitschriften mit mir aus dem Bett. „Oh, muss ich wohl in der Nacht mit ihnen eingeschlafen sein“, kommt es mir in den Sinn als ich mich erinnere.

Ich ziehe die Jalousie hoch, um Sonnenstrahlen und Helligkeit ins Zimmer einzulassen. Nun kann ich auch wieder die Illustrierten betrachten. Ich hatte beim Blättern Motorräder angekreuzt, die ich möglicherweise erwerben will. Natürlich kommt für mich nur ein Motorrad in Frage: eine Harley. Da bin ich eisern. Keine Kompromisse.

Das Geld dafür habe ich mir tatkräftig als Dachdecker verdient. Diesen Job übe ich schon seit ein paar Jahren aus. Ich bin jetzt Mitte Zwanzig und habe den Führerschein ebenfalls schon ein paar Jahre. Doch erst jetzt habe ich mir meinen Traum zusammengespart.

Die Begeisterung packt mich wieder. Ich mache schnell eine Katzenwäsche und greif' mir frisch und munter die Adressen mit den Harleys nach meinem Geschmack. Jedenfalls von denen ich vermute, dass sie meinen Geschmack treffen. Beschreibungen in Anzeigen hören sich ja oft toll an und dann zerplatzen die Wunschträume an der Wirklichkeit.

„Scheiße“, denke ich. „Wo habe ich mein Handy hingeschmissen?“

Ich muss es finden, weil ich keinen Festnetzanschluss habe. Es ist jetzt meine Fahrkarte für meinen Traum. Ich kontrolliere meine Hosentaschen. „Nur Müll“, stelle ich fest. Es kann also nur in meiner Lederjacke stecken. Hier fluche ich wieder: „Wieviel Taschen kann eine Jacke haben? Und warum finde ich nie auf Anhieb die richtige?“ Natürlich finde ich es in der allerletzten Tasche.

„Na dann mal los“, platzt mir meine aufgeregte gute Laune in meinen Kopf und bekommt sofort wieder einen Dämpfer: „Was für ein Scheiß ist das denn schon wieder?“ Mein Akku ist leer. Jetzt muss ich also auch noch mein Ladekabel suchen. Und das bei erschwerten Bedingungen: Meine Wohnung ist selten aufgeräumt – eigentlich nie. Irgendwann finde ich es in einer Schublade, häng' das Handy an den Strom und muss mindestens eine Stunde warten, bis der Akku aufgeladen ist.

„Okay“, denke ich. „Zeit für was Praktisches nutzen. Kann ich mal den Kühlschrank von innen betrachten.“ Schließlich habe ich noch nicht gefrühstückt. Nicht viel drin – aber für eine Stulle reicht es. Nachdem ich mir die Schnitte runtergewürgt habe, sortiere ich die in Frage kommenden Nummern. Mein Favorit ist eine Harley-Davidson Heritage Softtail Baujahr 1988 für 8.000,- Euro. Wie ich denke, ein verdammt gutes Angebot.

„Ob der Akku schon ausreicht?“ Egal, ich rufe an und stelle mich mit meinem Spitznamen Wolle vor. Ist die Abkürzung von Wolfgang – warum auch immer. Ich frage, ob die Harley aus der Anzeige noch zu erwerben sei. Für einen kurzen Moment spüre ich eine hohe innerliche Spannung, bevor am anderen Ende der Leitung eine raue Stimme zu vernehmen ist: „Ja“.

„Prima!“, frohlockt mein Herz. So einfach ist Glück.

Ich schreibe mir die Adresse auf und mache zum Abend hin einen Termin. Wir einigen uns auf 18 Uhr. Die Adresse liegt unmittelbar in meiner Nähe. „Sehr günstig, das kann ich zu Fuß bewältigen." Kurz überschlagen, 17.30 Uhr muss ich los.

Ich verweile die Zeit bis zum Termin in meiner Wohnung. Zwischendurch rufe ich noch ein paar Freunde an und berichte ihnen, dass ich mir eine Harley, die zum Verkauf angeboten wird, betrachten werde. Bei allen kommt der gleiche Ratschlag: „Pass auf und lass dich nicht übers Ohr hauen."

Ich antworte immer gleich: „So blöd bin ich nicht."

Naja, ist gut gemeint. Aber ehrlich, ich hatte schon einige Erfahrungen mit Harleys sammeln können – nur selber hatte ich bisher keine besessen. Ich stolpere hier nicht blind in ein Abenteuer und bin sicher, den Zustand einschätzen zu können.

Über die Telefonate ist die Zeit vergangen. Ich mache mich fertig, ziehe die Lederjacke über und gehe geradewegs zum Treffpunkt. Das Wetter spielt ebenfalls mit, die Sonne scheint immer noch, steht nur nicht mehr so hoch. Innerlich freue ich mich riesig und wünsche mir in dem Moment nichts sehnlicher, als das alles gut über die Bühne gehen wird. Der Sommer hatte gerade erst angefangen. Es liegt also fast eine ganze Saison vor mir und ich hatte mir vorgenommen: „Dieses Jahr will ich selber fahren und nicht immer nur hinten drauf."

Noch 200 m und ich bin da.

„Mal sehen, was das für ein Typ am Telefon war", schießt es mir noch durch den Kopf.

Der Treffpunkt ist auf dem Hof in einer Garage. Als ich die nun betrete, schlucke ich erst einmal: der Typ ist ca. 1,90 m groß, hat vollen dunklen Bart, eine dicke Narbe im Gesicht und seine langen dunklen Haare sind zu einem Zopf geflochten. „Der ist mit Vorsicht zu genießen“, denke ich unwillkürlich. Ich habe nicht mal Zeit, mich über meine eigenen Gedanken zu wundern.

„Bist du Wolle“, fragt er mich sofort?

„Ja.“

„Ich heiße Sven“, stellt er sich vor und zeigt mir danach ohne großes Gelaber gleich die Harley. Sie ist für Baujahr 1988 wirklich ein gut erhaltenes Stück. Die Farbe gefällt mir nicht unbedingt, sie ist rot. Ich bevorzuge lieber schwarz. Aber das kann man in den nächsten Monaten schnell bewerkstelligen. Ansonsten ist es ein schönes Modell, vor allem, wenn man den Preis vergleicht.

„Hey Sven, kannst du mal den Motor starten? Ich will mir den mal anhören.“

Er grinst mich an: „Warum nicht?“

Der Motor springt gleich an und tuckert vor sich hin. Er hört sich sehr gut an.

Sven gibt indes noch ein paar Mal mehr Gas.

Ich grinse vorsichtig: „Ist okay. Super. Danke.“

Nun frage ich ihn, was er dafür haben will, obwohl der Preis ja eigentlich fest steht. Doch bevor er antworten kann, füge ich schnell hinzu, dass ich ihm am Montag 7.500,- Euro in bar geben kann und frage, ob er damit einverstanden wäre. Ein kleiner Trick von mir. Dennoch bin ich erstaunt, als er sagt: „Na klar, ich muss mich aber darauf verlassen können, dass du das Geld zum Nachmittag bringst.“

„Alles klar, ich nehme den Bock auf jeden Fall. Ich muss eben nur Montag noch nach der Arbeit zur Bank.“

Ich verabschiede mich und gehe frohen Mutes und mit strahlendem Gesicht nach Haus. Eine Nacht noch schlafen, dann gehört die Harley mir. Obwohl schlafen bei soviel Freude auch nicht einfach ist. Irgendwann schaukeln mich die Gedanken von langen Straßen, Sonnenuntergängen und mir auf meiner Harley in die Traumwelt.

Am nächsten Morgen gehe ich pflichtbewusst zur Arbeit und erledige meinen Job als Dachdecker. Nach der Arbeit gehe ich wie angekündigt zur Bank, denn so viel Geld habe ich nie in der Wohnung rumzuliegen. Ich hebe trotz anderslautender Vereinbarung 8.000,- Euro ab und mache mich auf den Weg zur Garage. Zum Glück steht die Harley auch noch da. Diesmal sind es aber zwei Typen und sie tragen Club-Westen mit Emblem auf dem Rücken. Ich lese „Wild Mob". Sven ist einer der Typen mit der Kutte. Wenn ich jetzt hätte Zweifel und Angst haben sollen, ist es eh zu spät. Aber ich habe sie sowieso nicht. Dennoch fühle ich mich ein wenig mulmig, als ich kleinlaut darauf bestehe, einen kurzen schriftlichen Vertrag abzuschließen.

„Ist okay, kein Problem", antwortet Sven.

Nach der Unterschrift reicht er mir die Papiere und natürlich den Schlüssel. Jetzt bin ich endlich stolzer Besitzer einer Harley. Sie ist noch angemeldet. Wir geben uns noch kurz zum Abschied die Hand und ich sage: „Tschüss! In den nächsten Tagen werde ich das Motorrad dann auf meinen Namen umschreiben."

„Ich verlasse mich darauf", erwiedert er kurz.

Den Typen werde ich bestimmt nicht sauer machen, da hätte ich wohl viele Probleme. Was für ein Glück, dass das Wetter mitspielt. Ich starte die Harley und fahre vom Hof.

„So, das wäre geschafft“, denke ich. „Der Motor läuft einwandfrei und der TÜV ist auch noch neu. Was will man mehr?“

In den nächsten Tagen erledigte ich wie versprochen die Umschreibung und die Versicherung, damit ich keine Probleme bekomme. Und jetzt steht das erste Wochenende mit eigener Harley vor der Tür, und da ist Party angesagt. Dazu muss ich noch Vorbereitungen treffen. Ich suche mein Zelt im Keller, finde es und muss es leicht entstauben. Bei der Schlafsack-Suche werde ich in der Wohnung fündig. Ich suche auch sonst alles zusammen, was man so zum Campen braucht. Das dauert ein wenig, da ich es seit letztes Jahr nicht mehr benutzt habe. Alles wird auf den Rücksitz geschnallt. Ein kurzer Blick auf die Uhr: 14.00 Uhr – Freitag, 14.00 Uhr! Ich setze mich auf den Bock und starte.

Es sind ungefähr 250 km bis nach Jüterbog, Altes Lager, zum «Motorcycle Jamboree». Dort fahre ich jedes Jahr hin, und dieses Mal mit eigener Harley. Na denn mal los! Erst steuere ich eine Tankstelle an. Ich tanke den Bock auf, bezahle und fahr’ weiter. Mann, ist das herrlich! Der Wind bläst mir ins Gesicht, ein herrliches Gefühl. Ich fahre einige Landstraßen, könnte bis Jüterbog auf diese Art durchfahren, entscheide mich aber letztlich doch für die Autobahn. Zur Sicherheit fahre ich nochmals eine Tankstelle an, denn ich will nicht mit fast leerem Tank auf dem Zeltplatz ankommen.

Auf dieser Tankstelle sind viele Biker, die rasten oder tanken. Ich frage hier und da wohin sie fahren. Die Antworten sind alle eindeutig: „Nach Jüterbog zum Jamboree.“

„Kann ich mich euch anschließen?“, frage ich eine Gruppe.

„Klar doch!“, erhalte ich zur Antwort.

Nach kurzer Rast fahren wir mit neun Motorrädern weiter. Es sind nur noch 60 km, also kein großer Akt. Als ich mit ihnen eintreffe, zahle ich erstmal Eintritt, sonst kommt man nicht auf den Party- und Zeltplatz.

Ich bin zwar das letzte Stück im Pulk gefahren, muss aber nicht mit ihnen zusammen zelten. Und so suche ich mir allein einen guten Platz für mein Zweimannzelt. Der Zeltplatz ist schon verdammt gut belegt, aber ich finde eine gute Stelle und packe mein Zelt aus. Im Nu steht das Ding, ist ja auch nicht viel dran. Jetzt kann ich mich auf dem Zeltplatz umschauen und ein paar Freunde und Bekannte vom vorigen Jahr ausfindig machen. Wir tauschen kurz Informationen über diese Veranstaltung aus. Dann kündige ich an, dass ich zur Bühne fahren will. Das ist das Gute an dieser Veranstaltung, man kann mit dem Bike bis zur Hauptbühne vorfahren.

Das eigentliche Party-Gelände mit Party-Zelten, Bühne und Händlermeile ist voll besucht. Ich zwänge mich bei der Händlermeile durch, stelle meine Harley ab und gehe zum Bierwagen. Mann, habe ich Durst auf ein schönes kühles Blondes!

„Ein Bier, bitte."

Und schon habe ich es. Die 0,3 l sind im Nu weg, und so bestelle ich gleich noch eins. Dieses trinke ich gemäßigt. So, jetzt bin ich beruhigt und schaue mich genau um. Ich habe mir genau den Bierstand ausgesucht, der am besten besucht ist. Hat Vor- und Nachteile. Ich schaue nach ersterem und mir springt sofort ein Mädel in die Augen, welches in Lederklamotten eingepackt ist. Ich spreche sie an und augenblicklich sind wir im Gespräch vertieft, über dies und das, im Grunde genommen nichts Wichtiges. Aber da ich vorhabe, sie abzuschleppen, muss ich auch unwichtige Gesprächsthemen in Kauf nehmen. Ich habe gute Chancen, denn ich habe viel Zeit.

„Wie heißt du überhaupt?"

„Angela."

Schon bin ich hin- und hergerissen. Ich glaube, sie sucht so einen Typen wie mich, wie passend. So geht es eine ganze Weile und immer wieder mit Bier gemischt. Dann habe ich langsam den Kick drauf. Ich umarme sie einfach und drücke ihr einen Schmatzer auf den Mund. Sie zuckt leicht, aber sträubt sich nicht. „Na, klappt doch alles", denke ich und gehe mit ihr vor die Hauptbühne, wo wir uns einen Hauptakt ansehen.

Nun ist es Morgens und ich bin mit leichten Kopfschmerzen aufgewacht. Ich erinnere mich: Nach dem Auftritt haben wir wohl noch ein, zwei, fünf Bier getrunken, bevor Angela mit zu meinem Zelt kam und ich sie flachlegte. Zu meinem Erstaunen muss ich feststellen, dass sie schon weg ist. Die Harley hatte ich auf der Händlermeile stehen gelassen, ich war einfach zu voll zum Fahren und dann noch zu zweit. Das wäre nicht gut gegangen. Ich gehe zu meinem Bock und nehme erstmal ein kleines Frühstück mit einem großen Pott Kaffee ein. Das tut gut.

Ich habe Angela übrigens nie wieder getroffen. Meine Mutter hatte mir mal gesagt: „Frauen gibt es nicht nur eine Hand voll, sondern ein ganzes Land voll." Den Spruch habe ich mir gemerkt.

Ich setze mich auf meinen Bock und fahre zum Zelt. Der Campingplatz ist mittlerweile voll besetzt, viele Clubs sind in der Nacht eingetroffen. lch sehe auch den Wild Mob MC und Sven. Der steht in der Mitte des Areals und spricht mich an: „Hey, Wolle, so sieht man sich wieder. Und, wie läuft der Ofen, biste zufrieden?“

Ich stammle, dass alles in Ordnung sei und ich voll zufrieden wäre. So richtig fit bin ich aber nicht wirklich, bemerke ich spätestens jetzt. Also gehe ich wieder zum Zelt und lege mich noch ein wenig hin. Nach einigen Stunden werde ich wach. Ich suche einen Wasserhahn zum Frischmachen auf. Glücklicherweise gibt es auf dem Gelände mehrere davon. Und nun bin ich auch wieder der Alte. Zeit für die Party. Ich amüsiere mich noch bis in die Nacht, lerne viele Leute kennen, treffe aber auch einige aus vergangenen Zeiten. Es ist ein gelungenes Wochenende.

Am Sonntag packe ich mein Zelt zusammen, schnalle meine Klamotten am Ofen an und fahre ruhig von dannen. Vier Stunden später bin ich zu Hause angekommen und stelle die Harley gleich in die Garage. Jetzt überlege ich mir, was ich nächstes Wochenende unternehmen werde. In der Woche habe ich normalerweise nicht viel Lust auf Unternehmungen, da ich von der Arbeit meistens am Feierabend erledigt bin. Eins werde ich in dieser Woche aber noch einplanen: Ich werde mir ein Tattoo stechen lassen. Am besten einen Harley-Motor.

Ich gehe also am Dienstag zum Tattoo-Shop und mache einen Termin für den Freitag. Da ich mir ohnehin ein paar Tage frei genommen habe, kann das Tattoo so besser heilen.

Drei Stunden sitze ich schon still beim Tätowieren und nun ist es fertig. Stolz schmückt es meinen rechten Oberarm. Der Harley-Motor ist nur schwarz gestochen worden. Ich finde, das sieht besser aus, als wenn alles immer so bunt ist. So, nur noch eine Salbe drüber, dann bezahlen. 150,- Euro sind nicht billig, aber es ist gut und sauber gestochen. Es ist mein erstes Tattoo, und es soll nicht mein Letztes sein.

Langsam habe ich auch einen Plan für die nächsten Tage. Ich werde einen Kurzurlaub nehmen und kommende Woche Dienstag nach Schweden zur «Super Rally» fahren. Diese findet in einer Westernstadt statt, verspricht also eine Superkulisse. Auf dieser Rally wird alles sehr teuer sein. Dafür kommt man nur mit einer Harley auf das Gelände. Keine andere Motorradmarke ist erlaubt, was ich besonders toll finde – nur Harleys in einer Westernstadt, also scheiß auf die Kohle.

Das schönste an solchen Treffen ist eigentlich immer die Fahrt. Auf der Harley fühle ich mich beim Fahren „frei wie der Wind". Das kann man schlecht beschreiben, das muss man selbst erleben.

Dienstagmorgen packe ich also wieder einmal meine Sachen und schnalle alles am Motorrad an. Vollgetankt hatte ich schon vorher, also kann es diesmal ohne Verzögerung losgehen. Ich fahre nach Rostock und begebe mich auf die Fähre nach Malmö. Dort angekommen, muss man noch 180 km bis nach „High Chaperal", so heißt die Westernstadt, fahren.

Eine wunderschöne Landschaft durchfährt man auf dem Weg. Es gibt fast nur Wald – aber ich treffe auf keinen einzigen Elch. Liegt wahrscheinlich daran, dass in Schweden alle Wälder zu den Schnell- und Landstraßen hin eingezäunt sind, damit sich eben keine Elche auf die Straße verlaufen können. Ich habe ohnehin keine Lust, einen Elch zu knutschen, aber hätte gerne einen gesehen.

Das Wetter spielt wieder einmal mit. Obwohl ich vorher noch Regensachen eingekauft hatte, brauche ich sie nicht anziehen.

Als ich eintreffe, suche ich mir gleich einen guten Platz für mein Zelt. Das mache ich eigentlich immer so. In diesem Fall kommt hinzu, dass ich so früh eintreffe, dass noch kein Andrang auf dem Campingplatz herrscht. Das sind ideale Voraussetzungen für ein wirklich gutes Plätzchen. Also warum diesen Vorteil aufgeben? Ich baue sofort mein Zelt auf und schließe mein Motorrad an. Auch hier gilt die Devise: Sicher ist sicher.

Jetzt wird es Zeit für die erste Bar, auch Saloon genannt. Ich treffe wieder einmal alte Bekannte aus Deutschland, natürlich halte ich auch wieder Ausschau nach einer flotten Biene. Daran hindern mich auch die Bekannten nicht. Vielleicht klappt ja was in den vier Tagen, die ich hier verweile.

Natürlich schaue ich mich auch um. Harleys gucken. Die Schweden fahren nämlich Harleys, die in Deutschland nicht zugelassen werden. Sie haben in der Regel eine lange, sehr lange Gabel und einen Autoreifen als Hinterrad. Es sind außergewöhnliche Motorräder und ich kann mich kaum satt daran sehen.

Für Gespräche mit den Besitzern muss ich mein Schulenglisch anweden, was ich nicht sehr gut beherrsche, aber mit Alkohol im Blut geht alles viel besser. So präpariert lerne ich dann auch eine Schwedin kennen. Acht Stunden versuche ich mit allen Tricks sie rumzukriegen, dann gebe ich auf. Die ist hart, da habe ich keine Chance. Trotzdem war es amüsant. Und das ist das Wichtigste: Spaß.

Die Westernstadt ist sehr groß und die Saloons sind voll besetzt. Optisch ist also alles wunderbar. Nur das Party-Programm lässt für meinen Geschmack zu wünschen übrig.

Sonntag nehme ich noch ein Frühstück zu mir, bevor ich rechtzeitig wieder losfahren muss, um die Fähre pünktlich zu erreichen. Erstaunlicherweise ist die Wegzehrung gratis.

Auch andere haben es eilig, schnell nach Hause zu kommen. Die Straßen sind voll von Harleys. Auf der Fähre angekommen, lege ich mich gleich über die Sitze und hole etwas Schlaf nach. Der ist in den letzten Tagen eindeutig zu kurz gekommen. Und ich möchte die 200 km nach Hause ab Rostock gut überstehen.

Und dann passiert das Unvermeidliche: Mit dem Verlassen der Fähre fahre ich mit der Harley voll in den Regen. Ich hatte mich aber schon auf der Fähre vorbereitet und mir die Regensachen übergezogen. Eigentlich regnet es öfter in Schweden, aber dort war das Wetter sehr gut. Dafür fahre ich jetzt die 200 km in Deutschland komplett im Regen. Naja, was soll's, mit so was muss man eben rechnen. Auf jeden Fall sind die Regensachen dicht. Prüfung bestanden. Hat ja auch was, dies zu wissen. Starker Wind kommt schließlich auch noch hinzu, also alles, was man beim Motorradfahren nicht braucht.

Sind jetzt noch so 60 km zu fahren. Ich entscheide mich, noch einmal den Bock aufzutanken und ziehe auf eine Tanke raus. Auf der anliegenden Raststätte treffe ich ein entzückendes Mädel, das ebenfalls mit ihrer Harley unterwegs ist. Sie sieht sehr enttäuscht aus, trägt keine Regensachen und ist tropfnass.

„Wo willst du hin?“, frage ich.

Ich bin über die Antwort erstaunt. Sie wohnt in meinem Ort.

Ich gebe ihr einen trockenen Pullover, den ich immer als Ersatz mitnehme. Die halbe Stunde, die sie noch bis nach Hause braucht, wird sie schon schaffen.

„Wie heißt du eigentlich?", frage ich noch.

„Miriam", kommt aus ihrem Mund.

„Reizender Name", sage ich und erhalte ihre Telefonnummer.

Ich stecke sie schnell weg und wir fahren gemeinsam los. Im Ort angekommen, trennen wir uns. Schon am nächsten Tag rufe ich an und wir verabreden uns in einem kleinen Lokal zu einer Tasse Kaffee. Wir unterhalten uns über alles Mögliche und stellen rasch fest, dass wir viele gemeinsame Interessen haben. Schließlich landen wir bei mir zu Haus im Bett. Aber wir landen nicht nur dort. Eigentlich wollte ich keine feste Beziehung, doch ich habe mich schlicht und einfach verliebt. Was ist also dagegen zu sagen? Nichts, sie passt einfach zu mir.

Außerdem bekomme ich so meinen Pullover wieder, denn den hatte ich fast vergessen.

Sie fährt eine Harley-Sportster, und für diese Modelle habe ich einen Juxnamen: „Damenfahrrad". In der folgenden Zeit fahre ich mit ihr auf viele Treffen und Partys. War schön, doch jetzt muss ich auch wieder einmal ohne Begleitung frischen Wind spüren.

Vorher habe ich jedoch noch eine Kleinigkeit zu erledigen, die ich mir beim Kauf vom Bock schon vorgenommen hatte. Über Miriam ist dieses Vorhaben etwas außer Sicht gekommen. Aber die rote Farbe der Karre nervt mich noch immer. Deshalb muss ich nun zur Tat schreiten und lasse den Tank und beide Schutzbleche mattschwarz lackieren. Das Ergebnis kann sich sehen lassen, das blöde Feuerwehrrot ist weg und ich habe endlich die richtige Rocker-Farbe.

Die Italien Tour

Nach dem Umpinseln kann ich mir nun ein lohnendes Ziel für meinen Single-Trip aussuchen. Meine Wahl fällt auf Italien, ein großes Treffen in Bassano, den «Wild Life Run». Ich suche den Run aber nicht deswegen aus, weil ich mir viel davon verspreche. Die Gründe sind andere: Noch haben wir Sommer, also was spricht gegen eine große Tour. Ich bin sicher, dass die Fahrt mehr Laune macht, als die Party bei den Italienern.

Ich packe nach langer Zeit meine Sachen mal wieder alleine zusammen, setze mich auf meine Harley und fahre los. Es ist Donnerstag, der Run ist am Wochenende. Genügend Zeit.

Leider starte ich unter nicht so dollen Bedingungen: Der Wind pfeift mir um die Ohren. Also nicht unbedingt gutes Wetter zum Fahren. Aber egal, man kann sich das Wetter nicht aussuchen, man muss es nehmen wie es ist und über sich ergehen lassen.

Es ist ein langer Weg bis zum Treffen, ungefähr 1.100 km. Ich muss wenigstens 700 km am ersten Tag runterreißen, damit ich es schaffe. Das wäre also bis zum Inntal kurz vor Österreich.

Ich fress' die Kilometer und hoffe immer auf einen Wetterumschwung. Aber es bleibt die ganze Zeit über stürmisch. Glück im Unglück: Es ist kaum Regen zu spüren.

Als ich ankomme bin ich leicht erschöpft. Ich nehme mir ein Zimmer, denn ein Zelt aufstellen … bei diesem Wetter? Nein, das tu ich nicht! Ich lege mich gleich hin und schlafe sofort ein. Es war ein anstrengender Tag, vielleicht doch anstrengender als ich es mir eingestehen möchte. Soweit bin ich noch nie selbst gefahren. Acht Stunden brauchte ich für die Strecke. Demzufolge ist es auch spät geworden. Aber es ist auch einfach: Wenn man auf einer Harley sitzt und fährt, da ist keine Anstrengung zu viel, ein freies Gefühl, welches glücklich macht, deckt alles andere ab.

Am nächsten Tag stehe ich früh auf und nehme mir ein Frühstück zur Brust, mit einem schönen geschmackvollen Pott Kaffee dazu. So, jetzt bin ich wieder fit für den nächsten Teil der Tour. Ist ja nicht mehr ganz so weit, aber so geschafft wie gestern möchte ich nicht auf einer Party ankommen.

Der Wind hat nachgelassen und die Sonne strahlt mich an, als ich die Harley starte. „Na, das ist geil, so etwas braucht ein Biker", grinse ich fröhlich und zieh' los.

Anderthalb Stunden später bin ich schon in Italien. Die Brenner-Autobahn fährt sich gut. Das einzige, was mich ärgert, sind die Autobahngebühren, sei es in Österreich oder Italien. In Italien ziehe ich es deswegen vor, über Landstraßen nach Bassano zu fahren. Die Optik beim Fahren ist einmalig, die vielen Berge, die zum Teil mit Schnee bedeckt sind, die vielen Burgen und Schlösser ... einfach klasse.

Die Geschwindigkeit stelle ich auf 100-120 km/h ein, so kann man sich die Landschaft besser reinziehen. Ich habe ja auch noch genügend Zeit, um zum «Wild Life Run» zu kommen. Natürlich hätte ich auch schon in Österreich Landstraße fahren können und mich über die berauschenden Passstraßen winden. Dann hätte ich jetzt weniger Zeit. So kann ich öfter mal anhalten und einen Cappuccino trinken. Der schmeckt in Italien wenigstens, und ich habe dabei Muße, mir die Gegend genauer anzusehen.

Dass ich den den richtigen Weg gefunden habe, beweisen mir die vielen Biker, die mich mit ihren Maschinen überholen. Viele stehen auch auf Rastplätzen und sie haben alle das eine Ziel: Bassano.

Bis jetzt muss ich sagen, bin ich voll und ganz zufrieden mit meiner Harley, so wie sie fährt. Keine Probleme. Das hätte ich nicht gedacht, weil man immer so viel davon hört, dass Harleys so viele Pannen haben. Ja, da zählt wohl meine nicht dazu. Ich bin aber auch ein Glückspilz.

Mittlerweile stehe ich auf der letzten Raststätte vor dem Party-Gelände. Fast angekommen, letzte gemütliche Ruhepause, das Biker-Aufkommen hat sich noch gesteigert. Ich genieße noch einmal den Ausblick und schwinge mich schon mal langsam auf Party-Stimmung ein, da höre ich ein infernalisches Donnern. „Was das?“, denke ich, drehe mich um und sehe zu meinem Erstaunen eine große Gruppe vorbeifahren. Es mögen wohl an die dreißig Harleys sein. Ich habe bisher viele Biker gesehen, aber solch ein Pulk ist mir hier noch nicht begegnet. Es ist ein großer MC, alle tragen Clubwesten, soviel steht fest. Und als ich erkenne, um wen es sich handelt, bin ich überrascht. Die Aufschrift lautet: „WILD MOB GERMANY“. Na toll, die kenne ich, die kommen aus meiner Gegend. Da muss man soweit fahren und trifft dann doch wieder alte Bekannte …

Ich setze mich wieder auf meinen Ofen und fahre den Rest der Strecke.

Endlich angekommen! Wie üblich erst einmal Eintritt bezahlen und dann wie immer einen guten Standplatz für mein Zelt suchen. Den Platz finde ich gleich, das Zelt steht sofort und den Ofen stelle ich direkt daneben.

So, jetzt brauche ich zwei volle Tage nicht mehr fahren, also suche ich nach dem Bierstand. Auf dem Party-Gelände finde ich ein sehr großes Zirkuszelt mit einer kleinen Bühne und einem großen Tresen, an dem es Bier und Wein aus den Zapfhähnen gibt. „Okay", denke ich. „Wir sind in Italien. Nicht wundern." Ich bestelle mir dennoch ein großes frisch gezapftes Bier und trinke es in einem Zug weg. Das hat bei mir schon Tradition. Anschließend trinke ich mäßig weiter und komme in ein Gespräch mit einigen Bikern aus Südtirol und Süddeutschland. Zur gleichen Zeit stehen auf der kleinen Bühne mitten im Zelt circa zehn Mädels mit leichten weißen T-Shirts. Diese werden nun mit Wasser übergossen, was die Brüste deutlich sichtbar macht und eine Siegerin ausgewählt. Sie hat die Größten von allen anwesenden Mädels.

Das Zelt ist voll mit Bikern oder denen, die es mal werden wollten. Ich unterhalte mich gemischt in englisch und deutsch und schiele öfter zur Bühne hin. Die Zeit vergeht schnell und ich spüre langsam die Wirkung des Alkohols. Dann wird es schlagartig etwas leiser im Zelt. Da vor mir kein Grund erkennbar ist, drehe ich mich um und sehe, wie ein MC langsam zum Tresen geht. Ganz große Show, die den Anwesenden etwas Ehrfurcht in die Knochen fahren lässt. Ich erkenne den Club ganz schnell. Es ist der Wild Mob und vorne weg läuft Sven. Er erkennt mich sofort.

„Tag, wie geht's? Hat der Ofen durchgehalten?"

„Klar doch, der Ofen ist Klasse. Null Probleme, bin super zufrieden."

Daraufhin unterhalten wir uns noch ein wenig. Am Ende lädt er mich ins Clubhaus in Deutschland ein. Denke ich nach? Nein, ich sage zu. Dann verabschiede ich mich von Sven und steuere die Händlermeile an.

Jetzt ist Zeit zum Denken, länger sollte man sich am Anfang nicht gleich unterhalten. Trotzdem bin ich neugierig. Dieser Club interessiert mich einfach irgendwie. Das Clubhaus ist gerade vier Kilometer von meiner Wohnung entfernt und Sven wohnt offensichtlich in meiner Nähe. Im Moment bin ich ja noch ein Free Biker. Doch offen bin ich für alles und mittlerweile neugierig genug, um mehr über das Leben in einem MC zu erfahren. Während ich so nachdenke, erreiche ich das Ziel.

Jetzt werde ich mir erstmal die Händlermeile ansehen. Mal schauen, was die so bietet. Natürlich bin ich wieder an einem Getränkestand stehen geblieben. Es ist ein Grappa-Stand. Bassano ist das Land des Grappas. Er wird aus Wein hergestellt und ist sehr stark. An diesem Stand gibt es Grappa in dreißig Geschmacksrichtungen. Ich bestelle mir einen mit Nussgeschmack. „Wundervoll", schießt es mir durch den Kopf, und ich schicke gleich noch zwei hinterher. Muss mich zusammenreißen und schlendere weiter. Am Ende der Meile steht eine große Showbühne. Dort spielt gerade eine Kiss-Coverband. Ich schau sie mir an. Viel Publikum hat die Band nicht. Anschließend ist eine Stripperin angesagt. Auf einmal strömen Massen an Zuschauern zur großen Bühne. Unglaublich! Das ist Italien. Die fahren viel mehr auf sexy Shows ab als auf Live-Bands. Tja, man lernt nie aus.

So um Mitternacht herum gehe ich zum Zelt und lege mich nieder. Die Beine schmerzen und mein Kopf vom vielen Quatschen auch. Ich muss sagen, dieser Tag war bestens gelungen. Ich schlafe voll zufrieden ein.

Am nächsten Morgen weckt mich die Sonne. Ich stehe auf und suche eine Waschgelegenheit. Die finde ich, mache mich frisch und schon bin ich wieder munter. Die Kopfschmerzen sind auch wie weggeblasen, klasse! Aber es wird schnell heiß, dann kann man nicht mehr im Zelt liegen. Eigentlich wollte ich die Maschine erst wieder bei der Abfahrt anwerfen. Ich entscheide mich anders, nehme mir ein Handtuch, schnalle es am Ofen fest, starte die Harley und fahre los. Am Tage ist eh nicht viel los auf dem Party-Gelände. Also suche ich einen großen See auf, den Gardasee. Ich brauche vierzig Minuten, dann bin ich am Strand. Dieser See ist einsame Spitze in Norditalien. Er ist zweihundert Kilometer lang und an bestimmten Stellen bis zu dreißig Kilometer breit.

Kaum angekommen, stürme ich förmlich ins Wasser und schwimme hin und her. „Ah, das tut gut!“. Aber jetzt ist Zeit zum Relaxen. Ich lege mich aufs Handtuch und genieße die Sonne und den leichten Windzug. Zwischendurch hole ich mir an der Strandbar noch einen kleinen Snack. Nach vier Stunden am See kehre ich zur Party zurück, denn ich habe langsam Durst auf ein Bier.

Die Sonne brennt trotzdem erbarmungslos auf meiner Haut. Im Schatten ist es sechsunddreißig Grad heiß. Ich reibe mich mit Sonnenschutzcreme ein, obwohl ich in meinem Beruf immer an der Sonne bin. Sicher ist sicher. Bis Mitternacht geht auch dieser Tag wieder. Ich amüsiere mich, trinke aber nicht so viel wie am Vortag, da ich am nächsten Morgen zurückfahren will.

Ich versuche am Morgen aufzustehen und bekomme erstmal einen gehörigen Schreck. Nein, ich bemerke nicht, dass ich offensichtlich so viel getrunken habe, dass mir übel ist und ich nicht fahrtauglich bin. Dafür krabbelt etwas Schwarzes in meinem Zelt herum, es ist ein schwarzer Skorpion. Ich greife mir einen Plastikbecher und fange ihn ein. Damit gehe ich zu den Gastgebern und zeige ihnen den Fund. Sie grinsen aber lediglich und sagen: „Der ist harmlos. Wenn der sticht, gibt es nur einen kleinen Schmerz. Aber vor den Schlangen musst du dich in acht nehmen. Die sind nämlich giftig."

Mann, da bin ich schockiert! Also werde ich hier nicht mehr zelten, das ist klar. Aber muss ich ihnen ja nicht sagen. Ansonsten hat mir die Party viel Freude bereitet und ich verabschiede mich von den Gastgebern.

Während ich mein Zelt zusammenpacke und es an meinem Ofen befestige, denke ich noch: „Was für ein Abenteuer. Bei mir ein Skorpion im Zelt. So schnell werde ich das wohl nicht vergessen."

Für die Fahrt habe ich auch wieder einen Plan. Diesmal werde ich bis kurz hinter München fahren, dort ein Zimmer für die Nacht nehmen und am nächsten Tag den Rest der Strecke.

Wieder zu Hause angekommen, rufe ich gleich meine Freundin Miriam an und berichte ihr von dem Erlebnis. Wir verabreden uns auch gleich zum Kaffee am nächsten Tag. Da kann ich mein Abenteuer besser schildern. Wir beschließen, nächstes Jahr fahren wir gemeinsam nach Italien. Aber nicht zur Party, sondern um mal eine Woche Urlaub am Gardasee zu machen. Wie gesagt, in vielen Dingen sind wir uns einig.

Aber ich muss nicht alles erzählen. Sie weiß also noch nichts von meinem Plan, eventuell mal einem MC beizutreten. Mal abwarten, was sie davon hält. Also, mich kann sie nicht umstimmen und ich hoffe im Stillen, sie steht hinter mir. Das hat aber noch Zeit. Ich werde mir erst einmal den MC genauer ansehen und öfter mal auf Partys vorbeischauen, um zu sehen, wie das so abgeht und natürlich erst einmal, um einige Freundschaften zu schließen.

Die Monate streichen so vor sich hin und schon ist der Winter eingezogen, mit all seiner weißen Pracht. Die Harley hatte ich kurz vorher in der Garage mit einer Plane darüber abgestellt, so friert sie nicht ein. Im April oder bis spätestens ersten Mai werde ich sie wieder abdecken und wieder mehrere Reiseziele anfahren.

Mit Miriam habe ich mich in den vergangenen Wochen mehr zusammengetan, genauer genommen ist sie bei mir eingezogen. Wir sind eben auf einer Wellenlänge. Ich bin jetzt Ende zwanzig und komme mit meinem Leben gut zurecht.

Auch in Sachen MC bin ich weiter. Ich werde mich im Sommer definitiv beim Wild Mob MC vorstellen, die rechnen schon mit mir. Im Winter bin ich bei einigen Partys von ihnen aufgekreuzt und habe mich gut amüsiert. Sie haben mir viel über ihr Leben im MC erzählt. Was ich hörte, gefiel mir gut. Sie sind viel mit ihren Harleys unterwegs, nicht nur drei Dörfer weiter sondern in ganz Europa. Das gefällt mir. Alleine fahren ist nicht schlecht. Aber auf die Dauer? In der Gruppe hat man doch viel mehr Spaß. Es gibt Fahrten bei ihnen, wo nur die Member fahren, aber auch einige, wo die Frauen mitgenommen werden. Zwar nicht so oft, aber das hat auch alles seinen Sinn, so wie ich das verstanden habe. Zum Glück bin ich finanziell gut beisammen, kann mir also auch viele Fahrten leisten. Mit meiner Arbeit als Dachdecker verdiene ich sehr gut. Verschuldet bin ich nicht, im Gegenteil, ich kann Geld zurücklegen.

Also kann der Sommer langsam kommen. Ich warte sehnsüchtig darauf, endlich wieder Harley zu fahren. Vier Monate muss ich schon darauf verzichten. Es war eine ruhige Zeit. Ich nutzte sie, um mir noch einige Tattoos stechen zu lassen. Das gefällt mir einfach. Jetzt habe ich schon acht wunderschöne Motive an den Armen.

Hmm, nun musste ich doch fast die volle Zeitspanne verstreichen lassen. Bis Anfang Mai wollte ich wieder auf der Straße sein, nun ist Ende April und das Wetter erst jetzt wieder offen für das Motorradfahren. Ich ziehe die Plane von meinem Ofen, setze die Batterie ein und fahre mal schnell um den Häuserblock, um zu sehen, ob alles seine Richtigkeit hat. „Wunderbar, alles okay, dann kann der wilde Sommer beginnen", denke ich.

Mal überlegen:„ Ich denke, ich werde die erste Fahrt mit Miriam zum Gardasee nach Italien machen. Für eine Woche werden wir uns dort von dem strengen Winter in Deutschland erholen. Wir sehen beide sehr blass aus, da könnte etwas Bräune nicht schaden. Sieht besser und gesünder aus."

Und so wurde das Vorhaben dann auch umgesetzt. Beide Harleys halten bis zum Gardasee gut durch. Es soll ein typischer Urlaub werden, ein kleiner Liebesurlaub. Deshalb nehmen wir uns ein Doppelzimmer, zum Zelten haben wir keine Lust. Die sonstigen Ausflüge mit Club oder zu Treffen bestehen ja schon aus Campen. Wir zelten also die ganze Saison über. Da wollen wir jetzt einen bequemen Urlaub, den wir uns auch verdient haben. Mal etwas anderes.

Am nächsten Tag steht eine Bootsfahrt an. Einfach romantisch. Damit mache ich bei Miriam eine Menge Pluspunkte für spätere Zeiten. Für mich ist die Bootsfahrt nicht so interessant, sie hat mehr Freude daran. Aber gegen die schöne Landschaft kann ich nichts einwenden. Die Aussicht vom obersten Deck ist einfach nur super. Die Woche geht schnell vorbei. Wir haben sogar drei Tage Regen. Und ehe es wir uns versehen, befinden wir uns beim Satteln unserer Harleys und auf dem Weg zurück in die Heimat. Natürlich mit einer Übernachtung.

Als ich so dahin fahre, denke ich daran, bald mal in einer größeren Gruppe so eine Tour zu unternehmen. Und das stachelt mich dann an. Kaum sind wir zu Hause angekommen, telefoniere ich auch schon mit Sven vom Wild Mob MC und frage, wann die nächste Clubhaus-Party anstehen würde.

„Freitag in zwei Wochen", antwortet er.

„Alles klar", entgegne ich. „Wir sehen uns dann. Ach übrigens, ich müsste dann auch mal mit dir reden."

„Okay!", antwortet er gewohnt kurz.

Die zwei Wochen gehen schnell vorüber und ich fahre mit der Harley zum Clubhaus. Ich gucke mich um. Der Partyraum ist locker mit Gästen gefüllt. Ich suche nach Sven und finde ihn am Tresen mit einem Bier in der Hand, das er rührig wegtrinkt.

„Hallo Sven, wie geht's, wie steht's? Alles okay?"

„Na klar doch, was hast du auf dem Herzen?"

„Ich bin sehr interessiert daran, bei euch Mitglied zu werden."

„Kein Problem, habe mir schon gedacht, dass du das fragen würdest. Natürlich musst du mit uns viel mit dem Bike fahren und auch sonst viel Zeit opfern."

Das ist der Auftakt. Er erklärt mir nun einige wichtige Dinge, die ich wissen muss. Ich bin sicher, dass ich das schon schaffen werde, bin ja gut motiviert. Ich sage es ihm auch und bleibe noch so zwei Stunden – bei Kaffee; denn ich muss ja noch mit dem Bike fahren. Natürlich könnte ich laufen – aber Hallo! Mit dem Bike zu einer MC-Party zu fahren ist stilecht. Und der Führerschein ist wichtig, denn ohne ihn kann ich nicht meine Harley fahren. Und dann kann ich den MC auch vergessen, denn die Grundvoraussetzungen sind ja Führerschein, Harley und über einundzwanzig Jahre jung sein. Und so dumm bin ich nicht, dass ich denke, auf die kurze Entfernung wird man mir wohl nicht auflauern. Es geht in diesem Augenblick einfach um Wichtigeres: um meine Zukunft.

Ich einige mich mit Sven so, dass ich mich am kommenden Mittwoch vorstelle und dann werden Svens Brüder entscheiden, ob ich aufgenommen werde oder nicht. Ich bin guter Dinge, das sagt mir mein Gefühl. Ich weiß, dass es klappen wird.

Als ich wieder zu Hause bin, wird es Zeit, mit Miriam darüber zu reden. Zu meinem Erstaunen ist sie ganz und gar nicht erstaunt über die Entwicklung. Im Gegenteil, sie hatte es schon vorausgesehen und sich nur gefragt, wann es denn soweit sein werde. Sie hat den Standpunkt, dass ich wissen muss, was ich tue. Und sie wünscht mir gutes Gelingen.

Ich schätze, dass ich, wenn ich mich bemühe, es in einem Jahr geschafft habe, Vollmitglied zu sein. In dieser Zeit wird sie mich weniger sehen, denn es wird sehr viel von mir verlangt und das nimmt Zeit in Anspruch. So ungefähr schildere ich ihr die nahe Zukunft.

Eintritt beim
Wild Mob MC

Am Mittwoch fahre ich frohen Mutes zur Sitzung ins Clubhaus und stelle mich vor. Die meisten Mitglieder kennen mich ja schon. Und was soll ich sagen? Ich werde gleich als Prospect angenommen. Damit hatte ich nicht gerechnet. Und nun stehe ich hinter'm Tresen und muss die Member bewirten. Aber das macht mir nichts aus, denn das musste jeder tun, der mal angefangen hat. So lernen sie mich kennen und können sich ein Urteil über mich bilden. Ich sehe es genauso.

Die Monate vergehen im Nu. Jetzt bin ich schon dreizehn Monate als Prospect dabei und ich bin der Meinung, dass der Club mit mir eigentlich zufrieden sein kann. Ich habe einigen Mitgliedern geholfen, als sie mit ihren Motorrädern liegen blieben, indem ich mit einem Transporter die Öfen abgeholt hatte, egal wo es war. Auch sie halfen mir zweimal als ich liegenblieb. So soll es auch sein. Einer für Alle, Alle für Einen! Ich fuhr auch viele Partys und Treffen gemeinsam mit ihnen an.

An eine Fahrt erinnere ich mich als ob es gestern gewesen wäre. Sie war sehr aufregend und interessant gewesen. Es war Mitte Juli, wir hatten dreiunddreißig Grad im Schatten und die Sonne brannte ins Gesicht. Manchmal kann das Wetter auch zu schön sein. Da würde ich dann lieber im Schatten mit einem kühlen Glas Bier sitzen, aber das war eben nicht der Fall. Wir waren unterwegs, fuhren mit achtzehn Mitgliedern des MC nach Holland. Unterwegs trafen wir uns noch mit zwei anderen Motorradclubs. Die Karawane ist dadurch beachtlich angewachsen. Mit sechzig Mann bretterten wir die Autobahn entlang, als es plötzlich einen Knall bei ca. 120 km/h gab. Ein Reifen war geplatzt und der Fahrer landete am Straßenrand im Graben. Wir hielten alle an und leisteten sofort erste Hilfe. Zum Glück hatte der Fahrer nur Schürfwunden und eine leichte Prellung am Bein. Vier Member und ich blieben bei ihm. Die anderen fuhren bis zum nächsten Rastplatz, dort warteten sie auf uns.

Wir haben ja immer einen Transporter mit Anhänger bei solchen Fahrten dabei. So muss das auch sein. Wie man hier sah, ist es sogar notwendig. So konnten wir die Harley aus dem Graben bergen und in den Transporter einladen. Der Fahrer, er gehörte zu unserem MC, setzte sich noch etwas benommen auf den Beifahrersitz. Er wurde von uns „ärztlich versorgt". Wir gaben ihm einen Sechserpack Bier, das betäubt den Schmerz. Dieser Unfall hätte auch anders ausgehen können. Er hatte Glück im Unglück.

An der nächsten Raststätte warteten wie vereinbart die anderen auf uns. Die Hitze machte uns fertig. Wir mussten unbedingt weiterfahren, denn der Fahrtwind kühlte die Körper und beruhigte die Gemüter.

In Holland wurde der Reifen wieder erneuert und die paar Teile, die verbogen waren, wieder gerichtet, und schon konnte er selbst wieder seine Harley nach Hause fahren. Wenn einem so etwas alleine passiert, dann hat man den Kopf voll bis die Hilfe kommt. Dann kommt auch noch die Polizei und so weiter. Solche Probleme bewältigen wir so gut es eben geht selber.

Bei dieser Fahrt hatten wir noch zwei weitere Ausfälle, einem ist das Kupplungsseil gerissen, bei dem anderen war die Batterie tot. Beide Öfen luden wir auf und im Clubhaus wurden sie wieder instandgesetzt.

Aber ansonsten war es eine wunderbare Fahrt nach Holland. Und das mit sechzig Böcken. Die Party war auch super. Ich war ja neu in der MC-Szene. Für mich war das Neuland und ich lernte viele Rocker kennen.

Ich hoffe, dass ich demnächst Vollmitglied werde, denn ich bin jetzt schon über meinem ursprünglichen Zeitplan. Dann hat sich das Jahr als Prospect für mich gelohnt. Aber wenn ich intensiv nachdenke, muss ich mir eingestehen, dass sich die Zeit auch sonst gelohnt hat. Ich habe eine Menge erlebt, eine Menge Leute kennengelernt und auch sonst viel gelernt.

An einem Tag, als wieder Clubsitzung ist, werde ich reingerufen und mir wird verkündet, dass ich ab jetzt ein Vollmitglied des Wild Mob MC sei, man habe mich einstimmig eingewählt.

Wunderbar, hat sich die Zeit doch gelohnt. Jetzt habe ich eine Menge Brüder, denn so bezeichnen wir uns. Sie sagen mir noch, dass ich das am Wochenende begießen müsse. So sei es!

Ich strahle vor Begeisterung und fahre nach Haus. Dort angekommen berichte ich Miriam von dem Geschehen, und sie freut sich mit mir. Ich sage ihr noch, dass ich am Samstag eine kleine Feier geben müsse und wir beide zum Clubhaus fahren werden.

Am Samstag ziehe ich nicht zu gute Klamotten an, denn ich weiß genau, was mir bevorsteht. Eine große Taufe ist das Übliche. Im Clubhaus angekommen, hält Miriam Abstand zu mir, denn sie will nicht mitgetauft werden. Ich bekomme derweil einen großen Eimer mit Beton gefüllt. In diesem Beton steckt eine Plastiktüte mit dem Emblem. Dazu bekomme ich einen kleinen Hammer gereicht. „Freilegen!“ lautet die Aufgabe. Und ich beginne auch sofort auf den Beton einzuschlagen. Eine gefühlte halbe Stunde brauche ich für die Tätigkeit. Als ich es endlich geschafft habe und die Tüte mit dem Emblem hochreiße, bekomme ich auch schon die ersten alkoholischen Getränke über den Kopf geschüttet. Dieses Prozedere geht eine ganze Zeit so weiter, bis plötzlich einer mit einem Sack auftaucht und ihn über mich ausschüttet. Es waren weiße Federn. Jetzt bin ich getränkt und gefedert.

Miriam lacht sich fast tot und macht jede Menge Fotos zur Erinnerung an diesen Tag. Dann kommen alle neuen Brüder an und wünschen mir alles Gute und ein Willkommen in der Mob-Familie.

Ich nähe mir auf die Schnelle das Emblem auf die Weste. Später werde ich es noch mal richtig tun. Aber jetzt bin ich einfach nur stolz, das kann sich niemand vorstellen. Da muss das sein. Ich will nur noch mit dem Emblem herumlaufen. Ich bin stolz und zugleich auch nass. Jetzt muss ich erstmal ein paar Whiskys trinken und immer wieder aufpassen, denn ab und zu kommt noch jemand an, um mir ein Getränk über den Kopf zu schütten.

Es wurde eine lange Nacht. Miriam und ich schliefen dann auch erst mal im Clubhaus, bevor wir heimfuhren. Ich fühle mich jetzt irgendwie anders. Jetzt bin ich eben kein Prospect mehr. Miriam schnappt sich meine Weste und näht mir das Emblem sauber mit einer Nähmaschine rauf. So bin ich bestens vorbereitet auf das kommende Wochenende. Die Party geht weiter. Es ist eine Party in der Stadt geplant, zu der ich mit meinen neuen Brüdern hinfahren soll. Dort würden wir viele Biker und Rocker aus meiner Umgebung treffen.

Auch sie beglückwünschen mich zu diesem Erfolg. Diesmal trinke ich keinen Alkohol, denn wenn ich noch fahren muss, trinke ich nicht. Das hatte ich auch während meiner Prospect-

Zeit durchgezogen. Dagegen hatte auch niemand etwas einzuwenden gehabt. Es hätte mich auch irritiert.

Die Zeit verstrich und eines Tages fragt mich Sven, ob ich nicht Lust hätte, mit einigen von uns eine Angeltour zu machen. Ich sage: „Na klar doch". Wir machen einen Termin für den nächsten Monat aus. Ich bin ja kein Profi im Angelsport, aber was soll es. So eine Tour macht doch immer wieder Freude.

Als wir starten, finden sich sechs Mann ein. Fünf fahren auf ihren Harleys und einer einen kleinen Transporter mit Angelzubehör und einem Kühlschrank. Es geht nach Schweden. Wir fahren die Strecke bis Rostock und entern dann die Fähre nach Trelleborg. Von dort aus fahren wir noch dreihundert Kilometer. Wir kommen gut voran und haben keinen Ausfall. Bei solchen Touren nehmen wir unsere Getränke selbst mit. Schweden ist gerade bei den alkoholischen Getränken sehr teuer. Der Plan sieht drei Tage angeln in Schweden vor. Wir haben uns ein kleines Ferienhaus im Voraus gemietet, so dass wir uns darum nicht vor Ort kümmern müssen und gleich starten können. Als wir ankommen, richten wir uns erstmal ein und nehmen ein paar Drinks. Da es schon spät ist, gehe ich bald schlafen. Ich will ja schließlich früh raus zum Angeln.

Früh stehe ich auf und sehe gerade noch, wie die letzten zwei von uns schlafen gehen. „Die werden den ersten Tag voll verschlafen", schießt es mir durch den Kopf. Aber so ist es eben, es gibt immer welche von uns, die nie genug zu trinken bekommen. Ich blicke aus dem Fenster und bin überrascht: es regnet in Strömen. Das ist Schweden. Eigentlich weiß ich es ja, aber beim letzten Besuch hatte ich auch Glück, warum nicht heute? Ich werde also noch etwas warten, vielleicht lässt der Regen irgendwann mal nach. Obwohl die Fische bei Regen ja besser beißen sollen, so erzählt man sich. Aber auch wenn dem so ist, ich will nicht unbedingt allein beim Angeln sein.

Und plötzlich steht Sven neben mir und sagt: „Wir werden erst einmal ordentlich Frühstücken und dann sehen wir weiter."

Während des Frühstücks wächst die Gesellschaft auf vier an.

Der Regen läßt tatsächlich während des Essens etwas nach. Trotzdem ziehe ich mir, so wie die anderen auch, Regenkleidung an. Zum Glück liegt das Haus direkt am See. Einen Bootssteg gibt es auch und wir nehmen die zwei Paddelboote in Beschlag, die dort liegen. Mit ihnen rudern wir raus. Der See ist vielleicht zweihundert Quadratmeter groß. Wir steuern aber nicht die Mitte an, sondern rudern bis kurz vor dem gegenüberliegenden Ufer. Hier werfen wir die Angeln aus. Was soll ich sagen – die Fische balgen sich förmlich darum, bei uns anbeißen zu dürfen. Wir haben aber auch extra dicke Regenwürmer auf die Haken gezogen. Wie gesagt, bei Regen klappt es immer besser mit dem Biss.

Nach zwei Stunden haben wir die Schnauze voll vom Angeln, denn auf Dauer bleibt man auch mit Regenbekleidung nicht immer trocken. Und da die Fische unsere Köder mögen, ist die Beute schon sehr ansehnlich. Das reicht. Außerdem haben wir Durst, wie immer eigentlich.

Beim Rückrudern tue ich den anderen meine Hoffnung kund, das Morgen vielleicht das Wetter besser sei. Sven entgegnet, dass es egal wäre, denn wir würden morgen mal in der Gegend herumfahren und erst am letzten Tag nochmal angeln gehen. Ich denke mir dabei: „Wenn wir mit den Öfen heizen, soll es egal sein ob es regnet?“ Also ich bin zumindest lieber bei Sonnenschein auf meinem Bock unterwegs.

Im Haus nehmen wir die gefangenen Fische erstmal aus, bereiten sie zu und essen sie genussvoll. Einfach klasse im Geschmack.

Am nächsten Tag grinst die Sonne frech durch die Wolken hervor. Wir setzen uns auf unsere Harleys und fahren diesmal in voller Besetzung eine kleine Tour durch die Wälder Schwedens. Dabei besichtigen wir eine große Burg, die noch sehr gut erhalten ist. Und obwohl teuer, gehen wir in ein Restaurant und speisen fürstlich. Man gönnt sich ja sonst nichts.

Am dritten Tag versuchen wir es noch einmal mit dem Angeln. Dieses Mal brauchen wir uns nicht vor dem Regen zu schützen. Jetzt müssen wir uns vor der Sonne in Acht nehmen. Das tun die Fische wohl auch, denn wir können nicht viele überzeugen, anzubeißen. Und die, die wir angeln, werfen wir wieder in den See zurück. Sie sind mickrig und müssen erst noch groß werden.

Am vierten Tag fahren wir sehr früh zur Fähre, um gegen Abend wieder zu Hause anzukommen. Miriam empfängt mich strahlend, sie hat mich schon sehnsüchtig erwartet. Ich stürze gleich auf sie zu und wir haben eine wilde Nacht. So turbulent geht es bei uns beiden immer zu, wenn wir einige Tage getrennt sind.

Ich berichte ihr über meine Angelerfolge und der schönen Landschaft in Schweden. Sie wird davon angepiekst und fragt, ob wir nicht mal zu zweit eine Schweden-Tour machen können. Ich antworte: „Warum nicht? Nur nicht sofort, vielleicht im nächsten Jahr.“

Mittlerweile ist der Winter wieder eingezogen und wir haben gleich im November den ersten Schnee. In den kommenden fünf

Wintermonaten werde ich meine Harley etwas aufpeppen. Ich werde eine neue Auspuffanlage, kleinere Blinker sowie ein zweihunderter Hinterrad anbringen. An Miriams Sportster werde ich auch ein paar Teile anmontieren, so dass sie etwas kräftiger aussieht, nicht wie ein Damenfahrrad.

Nach fünf langen Monaten habe ich langsam genug, jetzt soll es endlich wieder Sommer werden. Ich will wieder den Fahrtwind im Gesicht spüren. Vom Autofahren im Sommer halte ich nicht so viel. Das taugt höchstens für Einkäufe oder bei wirklich schlechtem Wetter.

Ein paar Tage später reißt mich ein Anruf aus meinen Träumen. Mein Vater ist verstorben. Ich fahre sofort nach Berlin. Dort erfahre ich, dass er Krebs hatte und die Chemotherapie nicht angeschlagen sei. Ich hatte schon seit vier Jahren keinen Kontakt mehr. Nach einem heftigen Streit zog ich aus der elterlichen Wohnung aus, denn mein Vater kam nicht mit meinem Lebensstil klar. Meine Mutter war schon vor zehn Jahren gestorben und andere Verwandte hatte ich nicht mehr.

Ich richte die Beerdigung aus und lege einen wunderschönen Kranz auf das Grab. Danach rede ich mit dem Notar wegen der Erbschaft. Sie ist erstaunlich groß.

Ich fahre nachdenklich wieder nach Hause und berichte Miriam über das Vorgefallene. Sie wusste ja noch nicht alles. Ich stelle im Zimmer ein Bild meines Vaters neben meiner Mutter auf und eine Kerze in die Mitte. Friedhofsbesuche sind nicht so mein Ding, ich bin auch nicht gläubig. Es reicht, wenn ich die Erinnerungen in meinen Gedanken habe, die kann mir keiner nehmen.

Die Liebe
meines Lebens

Durch die Erbschaft habe ich die Möglichkeit für eine große Hochzeit mit Miriam.

Ich denke also intensiv über einen Heiratsantrag nach. Einige Tage später ist es nach der Arbeit soweit. Ich frage sie einfach: „Willst du mich heiraten?“

Sie springt in die Höhe und umarmt mich stürmisch, dann antwortet sie mit dem Zauberwort „Ja“.

Ich bin happy und genieße den Augenblick. Ich muss mich jetzt aber auch zwingen, wieder runterzukommen. Schließlich steht eine Menge Arbeit vor uns. Wir müssen die Hochzeit planen. Nach einigem Hin und Her einigen wir uns darauf, dass wir an ihrem Geburtstag im August heiraten wollen. Der Tag fällt auch noch auf einen Samstag. Das ist schon einmal gut für die anstehende Feier. Außerdem hat die Wahl des Tages noch einen Vorteil, einen Lebenswichtigen für mich: Durch ihren Geburtstag kann ich den Hochzeitstag nicht vergessen.

Sie schmunzelt, denn sie kennt mich inzwischen gut.

So, das wäre geregelt, jetzt muss ich noch dem Club Bescheid geben. Es reicht, wenn es beim üblichen Treffen stattfindet.

Auf der Sitzung im Clubhaus sage ich nur, dass ich mich zur Eheschließung entschieden habe. Die Folge ist ein Johlen und Grölen meiner Brüder im Raume. Und dann brüllen fast alle geschlossen: „Das gibt ein Fest!“

Auch hier schließen sich Planungen an. Es soll einen Motorrad-Corso geben und die Aufstellung vor dem Standesamt muss besprochen werden. Und natürlich auch die anschließende Party im Clubhaus.

So, jetzt ist alles geplant und das Wetter wird hoffentlich mitspielen. Für die Party können wir zwar auch nach innen ausweichen, doch für den Corso und die Feierlichkeiten rund um das Standesamt gehört einfach strahlender Sonnenschein.

In die allgemeine Freude mischt sich aber auch ein wenig Bitterkeit. Miriams Eltern nehmen die Hochzeitspläne zwar gut auf, kommen aber nicht mit meiner Club-Angehörigkeit zurecht. Sie mögen ganz einfach keine Rocker. Das ist Miriam und mir aber scheißegal – sie müssen ja nicht mit ihnen leben, sondern wir.

Wir werden in der nächsten Zeit eine Menge Einladungen an Freunde und Bekannte aus der Biker-Szene verschicken müssen. Und organisieren und organisieren … An was man alles zu denken und um was man sich zu kümmern hat.

Die Wochen vergingen. Noch eine Nacht und dann hat es klick gemacht.

Die Nacht haben wir gut geschlafen, keine Aufregung. Am Morgen fahren wir zum Standesamt. Wir hatten ja im Club geplant, doch nun glauben wir, unseren Augen nicht trauen zu können: Da stehen über einhundert Motorräder vor dem Amt Spalier. Ein überwältigender Anblick.

Es ist unsere Version einer Traumhochzeit: Miriam im weißen Leder und ich ganz in schwarz. Wir benutzen nur meine Harley, denn mit zwei Bikes würde der Kontrast nicht so wirken. Als wir aus dem Standesamt herauskommen, werden wir mit Reis beworfen. Ein langer Tisch mit kleinen (wir müssen ja noch fahren) Sektgläsern steht bereit und jeder stößt mit uns an. Dabei gehen auch ein paar Gläser zu Bruch. So ist es halt, aber darum brauchen wir uns nicht zu kümmern.

Nun steht die kleine Rundfahrt durch das Örtchen an, in dem ich auch bekannt bin. Soll ja schließlich jeder wissen. Am Straßenrand grüßen und winken viele Bekannte und Schaulustige. Ein riesiges Spektakel. Das ist Klasse.

Miriam weint kurz vor Freude, kriegt sich jedoch recht schnell wieder ein.

Es ist einfach toll.

Nun geht es weiter ins Clubhaus. Dort wartet erst einmal Kaffee und Kuchen. In circa zwei Stunden spielt dann eine Blues-Band. Miriam und ich bekommen inzwischen bergeweise Geschenke und Komplimente. Letztere ins Herz, erstere auf den Berg.

Als die Party den Höhepunkt erreicht, beschließe ich mit ihr nach Hause abzuhauen. Der Rest kann alleine weitermachen. Zum Feiern brauchen die uns nicht. Ich bestelle ein Taxi und verstaue alle Geschenke darin. Es wundert mich, dass die wirklich alle reinpassen. Dann lassen wir uns nach Hause fahren. Die Nacht im Bett ist überwältigend und wir schlafen erschöpft ein.

Am nächsten Tag packen wir erst einmal die Geschenke aus. Da finden wir unter anderem auch viele Dinge, die wir im Haushalt gebrauchen können.

Am Nachmittag müssen wir zum Flugplatz. Miriam, jetzt meine Frau, weiß zwar, dass wir in die Flitterwochen fahren werden, aber sie weiß nicht wohin. Und das soll auch bis zur letzten Minute eine Überraschung bleiben. Am Flugplatz angekommen, sage ich ihr endlich, wo es hingeht. Sie ist voll aufgeregt.

„Mein lieber Schatz, wir fliegen jetzt für eine Woche nach Las Vegas.“

Sie schreit vor Freude und ich denke mir, es ist ein gelungenes Geschenk.

Ich hatte sogar noch über's Internet zwei Harleys für die Zeit gemietet. Das muss ich ihr aber hier nicht auch schon verraten.

Als wir in Las Vegas ankommen, steigen wir erst einmal in einem Hotel ab. Miriam kriegt sich nicht mehr ein vor Freude. Da bin ich cooler drauf. Obwohl ich das, was hier geboten wird, auch nicht gewöhnt bin.

Jetzt sind erstmal die Spielsaloons dran, die wir unsicher machen wollen. Wir sind schließlich in Vegas. Aber der Gewinn oder Verlust hält sich in Grenzen. Kein Glücksbonus, aber auch kein harter Kassenschnitt. Dafür ist es eine aufregende Nachttour.

Am Morgen gehen wir zum Motorradladen und holen uns die Harleys ab. Die Hitze ist nahezu unerträglich. Ich denke kurz: „Na, das kann ja heiter werden. Frisch verheiratet und geröstet."Aber als wir endlich auf den Böcken sitzen und losfahren, wird es angenehmer. Erst einmal sind die Straßen von Vegas dran. Anschließend geht es weiter in die Wüste von Nevada. Jetzt krieg' ich mich kaum ein: „Mann, ist das geil hier zu fahren!"

An einem Fastfood-Restaurant halten wir an. Wir essen ein paar Hot Dogs und trinken dazu eine eiskalte Cola. „Hmm", denke ich. „Da ist mehr Eis als Cola drin." Aber das ist in Amerika wohl normal. Und wenn ich ehrlich bin, die Unsitte macht sich ja auch bei uns breit.

Auf jeden Fall sind die Tage in Amerika wunderschön und einmalig. So schnell werde ich wohl nicht mehr nach Amerika fliegen. Zur Erinnerung machen wir unzählige Fotos von unseren

Flitterwochen. Ich glaube, Miriam ist noch mehr von Las Vegas begeistert als ich.

Eine Woche später sind wir wieder zurück in der Heimat. Ich sage ja immer: „Zu Hause ist es am schönsten."

Natürlich will jeder wissen, was wir erlebt haben. Ich berichte die Geschehnisse in Las Vegas meinen neuen Brüdern vom MC. Ich betone aber gleichzeitig, dass Amerika kein Land zum Auswandern sei. Hier in Deutschland habe ich, meiner Meinung nach, mehr Freiheit. Auch hier gibt es wunderschöne Landschaften. Schon alleine die Berge sind eine kleine Reise wert.

Und wie auf Kommando: Zwei Wochen später geht es auch schon in den Schwarzwald, um einen anderen MC zu besuchen. Wir fahren zu dritt – ohne Frauen.

Auf dieser Reise wird mir eines klar: Mit wenigen Leuten kommt man schneller voran. Eine unbezahlbare Weisheit.

In den Bergen kocht meine Harley auf einmal.

„Scheiße!", fluche ich. „Was ist denn jetzt los?"

Anhalten und nachschauen, ob ich genug Öl im Tank habe.

Ja, habe ich.

Bei einer Bergtour wird der Motor immer richtig heiß. Die Maschine quält sich bei den Steigungen. Da schafft auch ein kühler Wind nicht viel, der Motor bleibt einfach heiß. Aber das hier geht über das übliche Maß hinaus. Ich habe schließlich schon zweimal die Alpen durchquert.

Ich rätsel und wir fahren weiter. Plötzlich fängt der Motor an zu stottern.

„Ohh nein! Was ist denn jetzt los", schreie ich wütend hinaus.

Ich bleibe wieder stehen und schiebe die Harley in die nächste Parkmöglichkeit. Zum Glück kommt diese nach nur einem Kilometer. Ich suche nach dem Fehler. Meine Brüder grinsen derweil, sie ahnen schon, was passiert ist, lassen mich aber gewähren. Nach einigen Minuten finde ich heraus, dass der Tank leer ist. Eigentlich passe ich ja auf, dass der Tank nicht leer ist. Aber ich rechnete nicht damit, dass bei einer Bergtour der Motor mehr Benzin verbraucht. Damals habe ich darauf nicht geachtet, schließlich war es eine lange Tour und ich musste regelmäßig tanken.

Einer von uns bleibt bei dem Ofen. Mit dem anderen fahre ich zu einer Tankstelle, die zehn Kilometer entfernt ist. Dort kaufe ich einen Kanister, den ich mit Superbenzin fülle. Wir fahren zurück und ich fülle meinen Tank auf. Ich versuche, auch gleich zu starten. „Na wunderbar, klappt doch alles.“ Es lag also nur an dem blöden Benzin, meine Schuld. Habe wohl doch noch einiges zu lernen.

Nun kann es weitergehen. Als wir schließlich eintreffen, werden wir herzlich empfangen. Viele Gäste sind anwesend, auch aus der Schweiz und aus Frankreich.

„Na hoffentlich können die Franzosen auch englisch sprechen“, denke ich mir, als ich von deren Anwesenheit erfahre.

Aber erstmal stürze ich mich aufs Büfett. Nach der anstrengenden Bergtour habe ich ein großes Verlangen nach Essbarem. Ansonsten ist die Party halt so, wie eben alle Partys sind: geile Mucke und viele Getränke. Als „Spezialgäste“ dürfen wir im Clubhaus schlafen. Bei der lauten Musik muss man sich natürlich richtig einen ansaufen. Dann kann man auch sorgenfrei schlafen.

Aber das mit dem Saufen sollte nach dem Essen eh der nächste Programmteil sein. Ärger spült man am besten runter. Und ich habe immer noch daran zu knabbern, was mir heute passiert ist.

Am nächsten Morgen, oder sagen wir mal Mittag, stehen wir auf und nach dem Frühstück verabschieden wir uns von den Gastgebern. Das macht man so in der Szene, wenn man noch jemand vom veranstaltenden MC trifft. Ich war mit der Party voll zufrieden und knüpfte viele Kontakte. Vor allem mit den ausländischen Gästen. Ich bin ja ein reiselustiger Typ. Vielleicht werde ich sie irgendwann einmal besuchen.

Einen Zwischenfall gab es jedoch mit ein paar Gästen, der nicht unbemerkt blieb und erwähnt werden muss. Drei Member vom Rebel Dogs MC waren der Auslöser. Sie pöbelten herum und machten einen von uns an. Sie hatten sich dafür ausgerechnet Rocky ausgesucht, einen großgewachsenen stämmigen Typen. Ich war nicht direkt dabei, aber er erzählte es uns, nachdem er die drei verdroschen hatte. Der Gastgeber MC gab ihm nach der Aktion noch einige Drinks aus, denn sie waren vollauf zufrieden. Die drei zogen nach der Niederlage von dannen.

Aber eines ist klar: Wir müssen jetzt damit rechnen, dass dieser MC das nicht hinnimmt und sich etwas einfallen lassen wird. Die Rebel Dogs sind nur ungefähr 40 km von unserem Clubhaus entfernt und bekannt dafür, dass sie gerne Stress machen. Ich für meinen Teil würde mich ja schämen, auch nur ein Wort zu verlieren: drei Mann von einem verprügelt. Aber die Sorte wird es schon richtig hindrehen.

Rocky sieht es genauso: „Leute, wir müssen jetzt wachsam sein, denn die haben nicht nur Nieten im Club."

Damit ist seine Erzählung beendet. Wir packen unsere Schlafsäcke ein und fahren von dannen. Die Rückfahrt ist weniger anstrengend. Dieses Mal habe ich den Ofen vollgetankt, denn nochmal so eine Pleite wollte ich nicht erleben. Meine Begleiter grinsen ein wenig. Ich natürlich auch.

Zu Hause angekommen, nehm' ich mir am nächsten Tag meine Harley mal so richtig vor: Ich putze an allen Ecken und Kanten, Schrauben usw. Das ist jetzt überfällig, denn in der letzten Zeit hatte ich meinen Ofen stark vernachlässigt. So was darf man nicht tun, denn der Schmutz ist hartnäckig, wenn er länger drauf bleibt geht er schwerer ab.

Und wie wir uns das so schon dachten: Der Rebel Dogs MC holte sich recht zügig zwei Member von uns. Diese mussten ins Krankenhaus eingeliefert werden.

„Verdammte Scheiße, jetzt müssen wir Nägel mit Köpfen machen", durchzieht es blitzartig mein Gehirn, als ich dies höre. Aber war ja klar gewesen, dass die feigen Schweine keinen Arsch in der Hose haben und ihre dummen Schnauzen halten.

Sven, unser President, setzt umgehend eine Notsitzung an. Wir überlegen uns, wie wir das klären können.

„Na ganz einfach", ruft Rocky in die Runde. „Rein ins Clubhaus der Rebel Dogs, alle die da sind frischgemacht. Nur so und nicht anders."

Das befürworten auch gleich die anderen am Tisch.

Sven beschließt: „Genauso machen wir es."

Wir wissen, wann die Abend haben. Und so fahren wir alle an einem wunderschönen Donnerstag zu den Rebel Dogs ins Clubhaus – natürlich mit Autos. Knapp zwanzig Mann haben sich am

Treffpunkt eingefunden. Wir haben nicht wirklich irgendwas geplant und dringen trotzdem schnell in die Räumlichkeiten ein. Die anwesenden Member, ungefähr zwölf, sind völlig überrascht. Man konnte sehen, dass sie darauf in keinster Weise vorbereitet sind. „Was für Idioten", denke ich mir. „Stress machen und dann denken, das würde durchgehen." Aber bitte, unser Vorteil und wir nutzen ihn. Das Unheil bricht im Nu über sie herein. Alle bekommen ordentlich was auf die Schnauzen.

Sven geht auf die zu, die noch etwas stehen und hält zum Abschluss eine kleine Ansprache: „Ihr werdet nie wieder Member des Wild Mob MC anfassen oder es wird Euch schlimmer als heute ergehen. Wir wollen niemanden mehr von Euch in unserer Nähe sehen, sonst kracht es." Abgang Nummer eins.

Abgang Nummer zwei: Wir knallen die Tür zu und fahren zurück ins Clubhaus.

Ich selber glaube das noch nicht. Aber alles wahr. Ich hoffe, für eine Weile wird es Ruhe geben. Dennoch bin ich skeptisch, was diesen Club betrifft.

Das Jubiläum

Ich bin jetzt schon fünf Jahre im Club und im nächsten Jahr feiern wir „Zwanzig Jahre Wild Mob MC“.

Ich bin mittlerweile der Secretary, also der Mann, der die Gelder verwaltet. Als dieser bin ich für solche Feierlichkeiten zuständig. Ich mache mir also jetzt schon Gedanken darüber, wie wir das Jubiläum bewerkstelligen wollen. Es gibt viele Möglichkeiten. Was ist angemessen? Was wollen wir? Ein zusätzliches Problem ist, dass das Clubhaus für solch eine Party einfach zu klein ist. Wir müssen also zwangsläufig eine andere Alternative suchen und die sollte dem Rahmen angemessen sein. Und dann habe ich eine Idee. Bei uns in der Nähe, circa 30 km entfernt, gibt es eine Westernstadt. Ich denke intensiv darüber nach, diese anzumieten.

Alleine kann ich aber nichts entscheiden. Also bringe ich dieses Thema bei einer Clubsitzung zur Sprache. Der Club ist mit dem Vorschlag einverstanden. Also werde ich mal anfragen. Das muss ich auf jeden Fall in diesem Jahr noch über die Bühne bringen. Dann können wir besser planen. Wir rechnen immerhin mit über 1.000 Gästen. Das ist kein Kindergeburtstag.

Ende des Jahres habe ich schließlich den Vertrag mit dem Besitzer der Westernstadt nach zähen Verhandlungen unter Dach und Fach. Über 14 Tage läuft der Vertrag, die Party selbst nur ein Wochenende. Vorher muss noch viel aufgebaut und nachher wieder abgebaut werden. Außerdem muss das Gelände und die Räumlichkeiten gesäubert werden.

Im Januar schicke ich die Einladungen für bestimmte Clubs im In- und Ausland ab. Aber die Einladungen sind nicht das Einzige. Wir lassen viel Werbung drucken und bringen sie gemeinsam in Umlauf. In erster Linie natürlich Flyer und Plakate.

Ich bin während der ganzen Monate der Vorbereitungen voll aufgeregt und freue mich riesig auf das Jubiläum. So verfliegt die weiße Jahreszeit auch wesentlich schneller.

Es ist immer herrlich, wenn man merkt, dass der Winter vergeht und der Frühling in seiner ganzen Pracht erstrahlt. Auch diesmal, wo wir förmlich durch die „dunkle Saison" gerannt sind.

Jeder meiner Brüder bekommt vor der Party ein neues Patch, denn bei den meisten von uns konnte man das Alte schon kaum noch erkennen. Der ein oder andere murrt. Doch Tradition hin, Tradition her. Zum Jubiläum soll alles Glänzen, auch die Rücken.

Und schon befinden wir uns in der heißen Phase. Wir fahren einige Tage vorher in die Westernstadt und bauen die große Bühne auf. Nein, nicht wir selbst. Eigentlich macht das eine Firma. Aber wir sagen wo sie stehen soll, müssen uns um die zusätzlichen Toiletten kümmern und aufpassen, dass alles planmäßig fertig wird. Und zur Not mit selbst anpacken. Es gibt viel Arbeit, die an uns hängen bleibt.

Jetzt können die Gäste anrollen. Wir haben viele Zusagen bekommen. Einige wollen schon am Donnerstag anreisen, um ein ausgiebiges Wochenende lang zu feiern. Warum auch nicht? Es geht schließlich um unser Jubiläum und es sind viele von weiter her, auch aus dem Ausland: viele Holländer, Franzosen, Schweden und Italiener. Sie alle sollen das Jubiläum von uns nicht so schnell vergessen.

Wir haben für Freitag und Samstag ein ausgezeichnetes Programm. Sehr gute Cover-Bands von AC/DC, Rammstein, Böhse Onkelz und Kiss. Da glaubt man, das Original spielt auf der

Bühne. Haben wir viel für recherchiert, viele Bands uns angesehen, wer die besten sind.

Drei Saloons sind mit Getränken der verschiedensten Sorten bestückt und Kellnerinnen mit großer Brust und tiefem Ausschnitt sollen fast jeden Wunsch erfüllen. So soll es auch sein. Frauen werden in den Saloons an den Stangen tanzen. Vor der Haupt-Bühne steht noch ein großer Bierwagen. Sicher ist sicher und man soll ja nicht zu weit laufen für den Nachschub an Getränken. Für den Fall, dass das Wetter nicht mitspielen sollte, haben wir noch zwei Zelte aufgebaut in denen fast 400 Biker feiern können. Aber warum soll das Wetter nicht mit uns sein? Schließlich feiern wir Jubiläum.

Naja, am Freitag regnet es wirklich ein wenig, aber man kann es ertragen, denn wir haben 28 Grad. Mittags lässt der Regen nach und dann kommt für ein paar Stunden die Sonne heraus und lächelt uns frech an.

Jedenfalls die, die schon da sind. Hauptanreisetag ist Freitag. Und die meisten kommen Nachmittags bis Abends. Die haben also ein bisschen Regen auf ihrer Tour, wenn überhaupt. Trotzdem ertappe ich mich bei dem Gedanken: „Hoffentlich klappt alles.“ Wir haben schließlich viel Geld investiert.

Am Freitagnachmittag füllt sich die kleine Westernstadt. Sie heißt übrigens EL Dorado.

Sven kommt auf einmal zu mir und meint, dass er annimmt, dass der Suff nicht ausreichen würde. Ich antworte nur, dass man Samstag früh nachholen würde. Das wäre von mir schon so geplant worden.

„Das ist gut“, sagt er und geht Gäste begrüßen.

Er hat als President viel zu tun.

Andere müssen den Campingplatz einteilen, damit auch genügend darauf zelten können. Es sind bestimmt schon 1.000 Biker anwesend.

Das ganze Wochenende verläuft großartig. Es kommen zwei, drei Zwischenfälle vor, die wir rasch regeln. Denn es darf nicht eskalieren. Das würde ein Chaos verursachen, das wir nicht gebrauchen können.

Viele Showbikes sind vor Ort. Wirklich gute Umbauten, einfach einmalig. Für die schönsten Bikes gibt es Pokale. Die Bands spielen außerordentlich gut, jeder ist begeistert. Und wir halten dieses Jubiläum auf Film fest. So ein Film trägt immer zur Geschichte eines Clubs bei.

Am Sonntag ist dann alles vorbei. Die Gäste verabschieden sich teilweise bei uns und meiner Wenigkeit und meinen nur: „Einfach klasse Party." Das tut uns gut, vor allem mir, denn ich hatte wirklich hart daran gearbeitet, unseren Club bestmöglich präsentieren zu können.

Eine Woche später übergeben wir die Westernstadt sauber dem Besitzer. Er sagt: „Jungs, damit habe ich nicht gerechnet. Ich muss ehrlich sagen, ich hatte meine Zweifel, weil ihr ein Rocker-Club seid. Das ist immer ein Risiko. Aber ihr habt mir das Gegenteil bewiesen. Es hat Spaß gemacht, mit euch Geschäfte zu machen. Jederzeit wieder."

Finanziell haben wir es auch geschafft, trotz der hohen Ausgaben. Es kamen ca. 1.500 Gäste zur Party. Drei-, vierhundert mehr als erwartet. Denen haben wir zu danken, dass wir finanziell ausgeglichen sind. Jetzt wird man noch ein paar Wochen darüber reden, dann ist wieder alles beim Alten.

Meine Frau und ich sind nach dieser Woche sehr erschöpft. Unsere Frauen hatten ja voll mitgearbeitet. Ohne sie hätten wir es nicht geschafft. Das muss man auch mal sagen.

Einige Monate sind seitdem vergangen. Miriam nimmt mich eines Tages beiseite und gesteht mir aufgeregt, dass sie schwanger sei. Mir verschlägt es die Sprache. Ich bin hin- und hergerissen, dass ich Vater werden soll. Eigentlich passt es ja gar nicht, dass ein Biker Vater wird. Dann ist das freie Leben mit dem Motorrad im Arsch. Aber woher soll der Nachwuchs kommen, wenn die Biker nicht Väter werden? Irgendwie werde ich damit – natürlich mit Freude – klar kommen müssen.

Nach neun Monaten ist es dann soweit: Ein strammer Bursche wird geboren. Die Geburt selbst geht einwandfrei über die Bühne. Ich strahle vor Freude, und wir einigen uns auf einen passenden Namen. Danilo soll er heißen.

Ich kaufe ihm gleich einen HD-Strampelanzug. Miriam schmunzelt darüber. Aber mein Sohn sieht darin einfach super aus. Und man kann nicht früh genug mit der Prägung beginnen. „Mama, Pappa, Harley Davidson“, das sollen mal seine ersten Worte sein. Und ich muss lachen, als ich daran denke. Was würde Miriam sagen, wenn sie statt „Mama“ von Danilo als erstes „Harley Davidson“ zu hören bekommt?

Mein Club-Leben wird durch die Geburt meines Sohnes nicht besonders eingeschränkt. Zum Glück bin ich ja kein Prospect mehr. Ansonsten wäre ich nun in Schwierigkeiten gekommen. Meine Frau ist voll und ganz auf meiner Seite. Mein Rocker-Leben kann also weiter gehen.

Das Umfeld in meiner Wohngegend hat allerdings nun zunehmend Probleme, mich einzuschätzen, wer ich denn bin. Einerseits fahre ich mit wilden Typen umher, andererseits mit dem Kinderwagen. Aber was sie alle von mir denken, ist mir letztlich scheißegal. Ich lebe mein Leben so wie ich es für richtig halte. Schließlich habe ich damit kein Problem sondern die. Aber zu tratschen brauchen die ja immer was. Und wenn man es genau nimmt, ich hatte ja auch so meine Zweifel im Vorfeld.

Mein Sohn ist inzwischen drei Jahre alt. Die Zeit vergeht wie im Flug. Ich bin in den drei Jahren viel mit der Harley unterwegs gewesen. Immer wieder neue Freundschaften geschlossen.

Ich musste sogar meinen Motor überholen lassen. Die Kolben und die Kolbenringe mussten erneuert werden. Tja, wenn man viel mit der Harley unterwegs ist, hat man auch hin und wieder eine Reparatur zu tätigen.

Eines Tages fahre ich mit meiner Harley langsam durch die Straßen meiner Stadt. Und nun wache ich im Krankenhaus wieder auf. Ich läute nach der Bedienung.

„Was ist los, was ist passiert? Warum bin ich hier. Ich bin doch gerade noch Motorrad gefahren. Wie komme ich hierher?“

Man unterrichtet mich über das Geschehen und ich erinnere mich jetzt an einen Unfall: Irgendwann kam plötzlich ein Auto mit hoher Geschwindigkeit auf mich zu. Ich konnte nicht mehr ausweichen und das Auto streifte mich. Ich überschlug mich und dann sind die Erinnerungen weg. Den Rest kann ich mir jetzt denken. Wie ich daliege, der Krankenwagen eintrifft und ich abgeschleppt werde. Ich frag lieber nicht, was mit meinem Ofen passiert ist. Dafür kontrolliere ich sofort meinen Körper und finde erstaunlicherweise keine Verletzungen. „Also kein Problem, kann ich ja abhauen“, denke ich mir. Aber halt! Mir wird nun mitgeteilt, dass ich einen Schädelriss habe, der aber ohne Operation heilen werde.

„Na herrlich, ich habe also einen Haarriss im Schädel."

Zwei Wochen muss ich zur Beobachtung im Krankenhaus bleiben.

Mann, ist das langweilig hier! Meine Frau kommt mich regelmäßig besuchen. Meine Brüder kommen gleich in Scharen. Und das ist immer anstrengend. Sie stellen das Krankenhaus regelmäßig auf den Kopf.

Nach zwei Wochen werde ich endlich als geheilt entlassen. Mann, bin ich glücklich!

Ich gehe gleich mit meinem Sohn in den Zoo. Ich brauche einfach die Bewegung. Erst dann sehe ich nach meiner Harley. Die ist im Clubhaus untergebracht. Meine Brüder sorgten dafür, dass sie abgeholt und die Schäden behoben wurden. Die Versicherung vom Unfallverursacher zahlte den Schaden unverzüglich. Es war also alles schon geregelt. Ich muss mich um nichts mehr kümmern. Die Harley sieht aus wie neu. Was eine neue Lackierung so ausmacht.

Jetzt fehlt nur noch eins: Eigentlich müsste der Unfallverursacher eins auf die Schnauze bekommen. Wozu hat der Augen? Das wäre auch passiert, wenn ich es meinen Brüdern nicht ausgeredet hätte. Ich konnte von Glück reden, dass mir bei dem Unfall nicht mehr passiert ist. Und ich wollte weder mich noch sie jetzt in größere Schwierigkeiten deswegen bringen. Einfach abhaken.

Die Rundreise

Und so gingen die Jahre ins Land. Mein Sohn ist inzwischen zwölf Jahre jung und ich gehe langsam auf die vierzig zu. Es ist wieder Sommer und über den letzten Winter gibt es nicht viel zu erzählen, denn dann fahre ich kein Motorrad. Ich plane eine rund zweiwöchige Tour durch Deutschland. Ohne Frau und Kind und ohne MC. Ich will mehrere Clubs besuchen und einfach mal den Wind um die Nase spüren.

Ich telefoniere herum und melde mich an, wo ich mich sehen lassen will. Einige sagen ab, da sie zu diesem Zeitpunkt selbst unterwegs sind. Die meisten sagen „herzlich willkommen und wir bereiten uns darauf vor". Es ist einfach wunderbar, dass ich gerne gesehen werde. Vor 15 Jahren kannte mich fast niemand, jetzt sieht das anders aus. Ich bewege mich seit 15 Jahren mit der Harley überall hin und knüpfe neue Bekanntschaften. So soll es auch sein.

In genau einer Woche starte ich die Rundreise durch Deutschland. Ich hoffe, es verläuft alles unfallfrei. Ich habe mir vier Wochen Urlaub geben lassen. Die stehen mir nach einem Jahr harter Arbeit auch zu. Jetzt werde ich mich erstmal eine gute Woche intensiv um meine Frau und meinen Sohn Danilo kümmern.

Die Tage gingen schnell vorüber. Meine Frau wünscht mir alles Gute und eine unfallfreie Fahrt samt Heimkehr. Mein Sohn hilft mir aufgeregt beim Packen. Ich sage zu ihm, dass ich alles festschnallen werde. Er sagt: „Ja, es ist besser, wenn du das selbst machst."

Dieses Mal ist die Harley fast mit dem Gepäck überlastet. Und ich habe noch nicht mal alles eingepackt. Da geht auch gar nichts mehr. Viel zu viel. Ich sage immer: „Die Brieftasche muss mit

Geld gefüllt sein, oder Bankkarten. Das ersetzt immer viel Gepäck."

So, und jetzt kann es losgehen. Auf der Straße verabschieden wir uns nochmals gründlich. Dann starte ich die Harley und fahre davon. Ach, ist das herrlich! Ich fahre mit meinen zur Zeit 100 Kilo an geballter Masse auf der Harley in die Ferne. Ich hoffe, dass ich die zwei Wochen gut überstehe. Geplant habe ich ja alles. Heute Abend werde ich von einem alten Freund im Erzgebirge erwartet. Mit dem Wetter habe ich auch Glück.

Inzwischen bin ich schon an Dresden vorbei. Nur noch sechzig Kilometer, und schon bin ich bei Maik, so sein Name. Ich fahre deutlich schneller als geplant, denn die Straßen sind frei, und ich kann unbehelligt Gas geben. Deswegen bin ich etwas zu früh angekommen. Ich suche in der kleinen Ortschaft nach einem Restaurant. Ein Gasthof hat es mir angetan. Ich stelle die Harley ab und gehe hinein. Ich wähle ein Plätzchen am Fenster, damit ich meine Harley im Augenschein habe, sicher ist sicher. Eine zauberhaft schöne Bedienung kommt und nimmt meine Bestellung auf. Hätte nie gedacht, dass es in so einem Kaff auch süße Frauen gibt. Die ziehen doch meistens aus lauter Langeweile weg.

Ich trinke erstmal einen Kaffee und esse ein Wiener Schnitzel. Nun ist Maik dran. Ich rufe an und sage ihm, dass ich schon da bin und wo er mich finden kann. Ich muss aber noch eine Stunde ausharren, bevor er vor mir steht und mich begrüßt. Ich zahle meine Zeche, bestaune schnell nochmal die Bedienung, gebe ihr ein ordentliches Trinkgeld mit meiner Telefonnummer und zwinkere ihr beim Verlassen des Gasthauses noch einmal zu. Wenn das

Miriam wüsste. Na ja, sie kennt mich ja. So bin ich eben. Ein bisschen Flirten gehört doch zum Leben.

Ich fahre mit Maik zu seinem Haus. Es steht am Ende vom Ort in einem kleinen Wäldchen. Einfach idyllisch. Auf die Dauer hier zu wohnen, wäre für mich aber auch nichts. Die Harley stelle ich gleich in seiner Garage ab, dann gehen wir ins Haus. Ich setze mich auf die Couch und er stellt erstmal ein paar Bier auf den Tisch. Wir reden die halbe Nacht über dies und das und jenes. Die Fahrt, das Bier und das Quatschen machen mich ziemlich müde. Maik zeigt mir mein Zimmer, ich lege mich hin und schlafe auch gleich ein.

Am nächsten Morgen stell ich mich unter die Dusche. „So, jetzt bin ich wieder fit und der Tag kann beginnen." Maik fährt natürlich auch Harley. Und so holen wir nach dem Frühstück die Maschinen aus der Garage und fahren dann zu einem alten Bergwerk. Es ist natürlich ein Erzbergwerk. Davon gibt es mehrere in dieser Gegend. Und alle sind für den Tourismus ausgebaut.

Wir setzen uns in eine kleine Bergbahn und fahren in den Berg. Maik erklärt mir alles, denn er weiß darüber Bescheid. Ich merke mir nur ein paar Dinge davon. Aber so ist es ja immer. Es ist alles zu viel was man erfährt, für mich ist trotzdem interessant. Und das zählt im Moment. Es muss auch unterhalten.

Aber eins fällt mir auf: Es ist verdammt kalt hier im Bergwerk. Und so bin ich sehr zufrieden, als wir wieder im Freien ankommen. Hier scheint die Sonne, und ich tanke sie jetzt erstmal wie ein Leguan. Das ist angenehm, und ich fühle mich langsam wieder wohl. Dabei denke ich darüber nach, dass die früher jeden Tag da unten gearbeitet haben und oft so lange, dass sie wohl selten

Sonne tanken konnten. Im Dunkel rein, im Dunklen arbeiten und wenn es schon dunkel ist wieder raus. Gruselig!

Maik lotst mich in ein gutes Restaurant, wo wir erst einmal essen und anschließend fahren wir in eine kleine Rockerbar. Wir trinken ein paar Bierchen, während wir uns über die Gäste amüsieren. Harte Jungs sind das nicht. Na ja, man muss hier die Szene anders beurteilen als in einer größeren Stadt. Und so ist der Tag schnell vergangen.

Am nächsten Tag mache ich mit Maik einen Wellness-Besuch in einer Badeanstalt. Es ist angenehm und erholsam, hier rumzuliegen. Und dann trift es mich wie ein Blitz aus heiterem Himmel. Ich denke, ich traue meinen Augen nicht: „Das ist doch die süße Bedienung aus dem Lokal, die gerade an mir vorbeiläuft."

„Hallöchen", ruf ich und Maik schmunzelt.

Sie bleibt stehen, sieht sich um, erkannt mich und bleibt stehen.

„Welch ein Zufall, dich hier zu sehen."

„Naja, etwas Wellness tut auch mir mal gut."

Maik kann eins und eins zusammenzählen und verabschiedet sich von uns mit der plumpen Ausrede, dass er noch einen Termin zu erledigen hätte.

„Wir sehen uns heute Abend bei dir", schiebe ich ihm hinterher.

„Ja, alles klar", ist die eilige Antwort.

Jetzt erst einmal förmlich sein: „Wolle ist mein Name und wie ist dein Name?"

„Petra", erwidert sie.

„Okay Petra, lass uns zur Bar gehen."

Der Wellness-Bereich hat eine kleine Bar und ich bestelle „großzügigerweise" zwei Getränke. Wir unterhalten uns über dies und das. Es ist ganz amüsant. Sie bekommt natürlich schnell mit, dass ich nicht aus dieser Gegend komme und so lädt sie mich zu sich nach Hause zum Kaffee ein. Da weiß ich gleich, was passiert. Ich glaube, die braucht nach langer Zeit mal wieder einen Mann fürs Bett. Und zwar einen richtigen, nicht diese Möchtegerns, die gestern in der Bikerbar abhingen.

Und was soll ich sagen? Ich kann einfach nicht nein sagen.

Als ich wieder bei Maik bin, erzähle ich ihm natürlich sofort, was passiert ist: „Sie ist in ihr Auto gestiegen und ich auf meiner Harley hinterher. War ja nicht soweit, so dass wir schnell bei ihr in der Wohnung anlangten."

Maik hört stoisch zu und ich erzähle weiter: „Das einzige was sie noch tat, war mir einen Kaffee zu kochen. Kaum hatte ich die Tasse ausgetrunken, umschlangen wir uns schon voll Begierde." Und hier denke ich für mich selbst: „so schnell kann es gehen". Zu Maik gewandt ergänze ich noch: „Wir wälzten uns hin und her und rissen uns die Klamotten vom Leibe." Weitere Details verriet ich allerdings nicht. Aber ich erwähne noch, dass sie mir ihre Nummer gab. Falls ich mal wieder in der Nähe sei, könne ich mich ja melden.

Er meint nur, das kenne er von Petra, denn er kenne sie auch.

„Ach so?", frage ich mehr mich selbst. „Naja, was soll's", denke ich bei mir. Er ist einfach cool. Und ich muss ihm ja nicht sagen, dass ich gerne noch bei Petra geblieben wäre, aber da ich ja mit ihm verabredet war, lass' ich ihn auch nicht warten. Hatte ich aber ihr erzählt, und sie sagte: „Ist schon klar."

Der Tag geht ohne Alkohol vorbei. Ich muss ja schließlich nicht jeden Tag trinken.

Am nächsten Tag verabschiede ich mich von Maik und fahre Richtung München davon. Kurz hinter München nehme ich mir ein Zimmer für zwei Nächte. Ich plane, am nächsten Tag ein bisschen in der Gegend herumzufahren und irgendwo in einem kleinen See zu baden. Das nenne ich Entspannung pur. Man kann auch allein Urlaub machen.

So, jetzt fahre ich weiter zum Schwarzwald. Dort habe ich freie Unterkunft bei einem befreundeten MC. Sie erwarten mich schon mit Ungeduld. Ich werde herzlichst begrüßt und kann mich im Clubhaus einquartieren. Am nächsten Tag ist eine Party angesagt, darauf freue ich mich schon.

Aber bevor es soweit ist, nutze ich den Tag. Ich muss mal wieder meine Harley säubern. Ich fahre zur Tankstelle, sprühe sie mit einem Spezialreiniger ein und anschließend spritze ich sie gründlich ab. Nach dieser Aktion glänzt sie wieder in voller Pracht, und damit kann ich mich auch wieder sehen lassen.

Am Abend füllt sich das Clubhaus mit nicht zu vielen Gästen. Es ist eine gemütliche Party. So kann ich mich mit einigen von ihnen intensiver unterhalten. Einige sind neugierig und wollen viel über meinen Club wissen. Na ja, einige Dinge kann ich sagen. Einige Fragen muss ich aber ablehnen. Es gibt da eine Standardfloskel: „Darüber gebe ich keine Auskunft."

Ich mache auch einige Frauenbekanntschaften. Da sie jedoch nicht meinen Geschmack treffen, bleibt es dabei.

Am nächsten Tag sattele ich wieder meinen Bock und verabschiede mich. Jetzt geht es Richtung Norden, nach Gelsenkirchen. Es ist ja alles geplant. Überall werde ich erwartet. Ich werde dort einen Tag bleiben und anschließend weiter nach Aurich

(Ostfriesland), fahren. Dort habe ich zwei Tage bei einem alten Freund auf meinem Programm.

Sein Haus liegt am See. Das ist gut. Ich angele zwei volle Tage lang und abends essen wir den Fisch. Zwei Tage Fisch hintereinander reichen aber auch.

Und so langsam vermisse ich meine Frau. Sie muss noch fünf Tage auf mich warten – oder ich auf sie. Und ein bisschen Heimweh habe ich auch. Ich wundere mich. Kenne ich eigentlich nicht. „Vielleicht werde ich langsam alt und sentimental", denke ich.

Es ist mittlerweile Mittwoch und ich befinde mich auf dem Weg nach Hamburg. Kurz vor Hamburg reißt mein Gaszug. „So eine Scheiße!", fluche ich laut. Ich rolle aus, und rufe den ADAC an. Nach einer Wartezeit holt man mich ab und schleppt mich bis zur nächsten Motorradwerkstatt.

Es ist keine Harley-Werkstatt. Mich befallen Zweifel. „Scheiße, was mache ich, wenn der ein, zwei Tage braucht, um das passende Teil zu organisieren?" Mein Zeitplan würde völlig durcheinander kommen. Und das brauch ich jetzt nun wirklich nicht. Lief doch bisher alles glatt.

Aber es stellt sich recht zügig heraus, dass der Besitzer auch für Harleys einige Ersatzteile auf Lager hat. Und dann schreie ich fast vor Freude auf: Auch den passenden Gaszug für mein Modell. „Mann!", denke ich. „Ich bin doch ein echtes Glücksschwein."

Ich bezahle den Gaszug und baue ihn mir gleich selbst ein. Ist billiger und ich möchte auch nicht, dass jemand anders an meiner Maschine rumfummelt.

Nun kann ich mich gleich wieder auf den Weg machen und ein Hotel zur Übernachtung suchen. An der Stadtgrenze finde ich ein kleines Hotel. Ich bin leicht erschöpft und lege mich gleich schlafen.

Am nächsten Tag geht es ohnehin zum Fischmarkt. Muss man sehen, wenn man schon mal in Hamburg ist. Da tobt das Leben. Man muss aber sehr früh aufstehen, sonst sieht man nicht viel. Ich bummele auf dem Markt herum, kaufe aber nichts. Wieso auch, ich habe ja keine große Möglichkeit, viel mitzunehmen. Zum Schluss fahre ich zum Hamburger DOM. Das ist ein Rummelplatz und ich komme gerade richtig zum Sommerdom. Dort amüsiere ich mich etwas und dann geht es wieder ins Hotel zurück.

Am nächsten Tag sattele ich wieder die Harley und fahre Richtung Rügen davon. Acht Stunden später komme ich auf der Insel an. Das ist mein letztes Ziel in diesen zwei Wochen.

Ich suche die kleine Kneipe auf, dessen Besitzer ich sehr gut kenne. Er hat mir für zwei Tage ein Bett im Hinterzimmer fertig gemacht. Am Abend betrinke ich mich mal wieder so richtig mit dem Wirt. Viel ist nicht los in der Kneipe. Ist aber auch eine einsame Gegend hier.

Am nächsten Tag fluche ich wieder einmal. „Scheiß Kopfschmerzen!“ Ich suche die Ostsee auf, springe in das Wasser und versuche so, meine Kopfschmerzen wieder loszuwerden. Es klappt nach ein paar Stunden. Endlich fühle ich mich wieder fit. Aber eines ist sicher: Heute werde ich keinen Schluck Alkohol nehmen. Morgen muss ich wieder fit für die Heimreise sein. Ich habe fünfhundert Kilometer vor mir und das bei Regen. Den haben sie im Rundfunk vorhergesagt. Mir graut es jetzt schon.

Und tatsächlich, am nächsten Tag schüttet es wie aus Kübeln: „So eine Scheiße! Ich kann ja noch was hier bleiben. Müsste ich allerdings auf Arbeit Bescheid geben … Nee, das wäre echt blöde. So etwas mache ich nicht. Außerdem will ich endlich wieder nach Hause." Für so einen Fall hätte ich sicherheitshalber anders planen sollen. Noch etwas freie Zeit im Anschluß an die Rundreise. Habe ich aber nicht. „Naja, vielleicht beim nächsten Mal", schießt es mir noch durch den Kopf, bevor ich beginne, mir meine Regenklamotten anzuziehen. „Was soll's?" Die ganze Fahrt hatte ich mit dem Wetter Glück. Die Regenklamotten waren trotz der Gewichtsprobleme mit auf Reise gegangen. Nun, dann ist es jetzt eben Zeit und sie sind nicht umsonst mitgefahren.

Ich sage Tschüss zum Wirt, dem alten Haudegen, und fahre vom Hof. Bei so einem Wetter kann die Fahrt sehr lange dauern. Und zu meinem Bedauern ist es auch merklich kühler geworden, das bringt der Regen so mit sich. Alle hundert Kilometer muss ich anhalten. Entweder um zu tanken, oder um heißen Tee zu trinken. Die Leute auf den Raststätten bedauern mich oder sagen mir, ich wäre irre, bei dem Wetter zu fahren. Ja, vielleicht. Aber man, ich will jetzt wirklich ganz schnell nach Hause ins warme Bett, zu Frau und Kind! Kein Tag länger.

Am Ende des Tages hatte ich über zehn Stunden auf der Uhr. Bei gutem Wetter bin ich in zehn Stunden was weiß ich wo. Es hat tatsächlich bis nach Hause durchgehend geregnet. Ein sehr anstrengender letzter Tag, aber Miriam und mein Sohn erwarten mich schon. Ich umarme sie innig, so dass auch sie nass werden.

Bei einer Tasse Kaffee berichte ich Miriam über die lange Fahrt. Sie hört mir aufmerksam zu. Als Fazit: Ich bin fast dreitausend Kilometer gefahren, hatte nur eine Panne und einen vollen Tag

Regen, geht doch, oder? Danach wärme ich mich bei Miriam im Bett auf und schlafe zügig ein.

Am nächsten Tag muss ich wieder zur Arbeit, denn irgendwo muss ja das Geld herkommen. Die Arbeit als Dachdecker macht mir noch immer Freude, ich arbeite gerne und vor allem, ich arbeite auch mit guten Kollegen zusammen. Ab und zu gehe ich noch ein Bier im Lokal nach der Arbeit mit ihnen trinken. Ansonsten haben wir aber nichts gemeinsam, mit Motorrädern haben sie nichts im Sinn. Sie sind eher Fußballfans. Aber darum geht es ja nicht. Wir müssen bei der Arbeit alle miteinander zurechtkommen. Das ist, was zählt. Und da sind wir eben ein tolles Team.

Der Harley-Klau

Einige Wochen sind ins Land gegangen. Eines Sonntagmorgens gehe ich vor die Haustür, um mit meinem Bock eine Runde zu fahren. Ich bleibe wie angewurzelt stehen und starre ungläubig. Was soll ich sagen? Vor der Tür am Straßenrand steht meine Harley … nicht. Ich reibe mir ungläubig die Augen. Träume ich? „Moment", kurz überlegen. „Ich habe den Ofen nachts, als ich vom Club zurückkam, dort abgestellt. Ich war einfach zu faul, ihn in die Garage auf dem Hof zu fahren. Und getrunken hatte ich nichts – wie üblich, wenn ich noch fahre. Er ist aber weg …"

Langsam steigt in mir eine üble Ahnung auf: Mein Ofen wurde geklaut, gekidnappt. „Au Backe, und das mir!" Ich bin jetzt auf hundert: „Was tun?" Ich stürme zurück in die Wohnung und brülle aufgeregt meine Frau an: „Die Harley ist geklaut."

Sie rennt nun ihrerseits völlig aufgebracht die Treppen runter zur Garage. Tür aufschließen und sehen, dass ihre Harley noch da steht, sind dann fast eins – was für ein Glück.

Meine steht – nicht überraschenderweise – nicht daneben. Hatte ich also keinen schlechten Traum.

Ich versuche, mich erstmal zu beruhigen und rufe gleich ein paar Brüder an. Sie sagen nur eins: „Wir werden eine Aktion starten."

Wie ich nun herausfinde, haben sie schon länger einen Verdacht. Der fällt auf drei Typen, die noch nicht lange in dem ruhigen Örtchen weilen. Wir verabreden uns für sofort im Clubhaus. Dazu borge ich mir die Harley meiner Frau aus und fahre hin, wo man schon auf mich wartet. Ich presse mir ein mies klingendes „Hallo!" heraus.

Sie grinsen mich an: „Das werden wir schon schaukeln."

Wir setzen uns daraufhin zu viert ins Auto von Sven. Der ist mit voller Freude dabei, denn diese Typen kann eigentlich niemand leiden. Aber: Wir vermuten nur, dass sie die Diebe sind. Noch haben wir keine Beweise.

Der Club hatte schon gut recherchiert, wurde mir klar, als wir zehn Minuten später vor einer Lagerhalle stehen. Ich hätte eigentlich erwartet, wir kutschieren durch die Gegend und halten Ausschau.

Innen brennt ein schwaches Licht, also muss jemand drinne sein. Wir drücken die Tür auf und stehen in einer Halle, die bis zum Rand voll mit Motorrad- und Autoteilen bestückt ist. Unglaublich! Ich weiß nicht, wer bei welchem Anblick mehr erstarrt ist. Aber ich wache zumindest früher auf: „Ihr miesen Arschlöcher habt einen Fehler begangen", brülle ich sie an.

Noch immer völlig erstarrt stehen uns die drei Halunken gegenüber und bringen keinen Ton raus.

„Ihr habt meine Harley geklaut", fauche ich hinterher.

Nun kommt Bewegung in den kleinen Haufen und einer macht sein Maul auf: „Wo stand sie denn?"

Da wusste ich, dass wir richtig lagen. Nachdem ich Auskunft gegeben habe, zeigen sie mir meinen Ofen. „Er ist noch nicht zerlegt, alles noch dran", sagt der Zweite.

Der Dritte will derweil abhauen, aber einer meiner Brüder geht quer und schnappt ihn. Er fackelt auch nicht lange und drischt sofort ordentlich auf ihn ein. Das ist das Signal. Wir knöpfen uns die beiden anderen vor, die jetzt auch ihr Fett abbekommen. Zum Schluss, als sie wieder aufrecht stehen, hält Sven mal wieder eine Ansprache. Das kann er ja so gut: „Leute, wenn noch einmal eine Harley von uns wegkommt, kommen wir zurück. Und dann gibt es richtig was. Das heute waren nur ein paar Kuscheleinheiten. Alles klar?"

Ich nehme mir meine Harley und wir verlassen diesen Ort.

Die Polizei schalte ich selbstverständlich nicht ein. So etwas liegt uns nicht. Nur wenn der Bock nicht zu finden gewesen wäre, hätte ich die Polizei einschalten müssen. Schon wegen der Versicherung. Ansonsten regeln wir das auf unsere Art.

Das Auto fährt ins Clubhaus zurück. Ich hole erstmal meine Frau ab. Im Clubhaus steht ja jetzt ihre Harley, und die muss schließlich wieder zurück. Angekommen, trinken wir alle noch ein Bier auf die gelungene Aktion, und dann fahren Miriam und ich nach Hause, wo unser Sohn schon auf uns wartet.

Zum nächsten Wochenende lade ich meine Brüder, die mir bei der Wiederbeschaffungsaktion geholfen hatten, zum großen Essen ein. Meine Frau und mein Sohn kommen natürlich auch mit. Ziel ist ein circa 10 km außerhalb meines Wohnortes gelegenes Steakhaus. Dort habe ich einen Tisch für sechs Personen bestellt.

Als wir die Gaststätte betreten, erstarren die meisten Gäste vor Schreck und halten augenblicklich mit dem Essen inne, um uns anzustarren. „Haben die etwa alle was ausgefressen, hehe?" Ja, so ist das. Man starrt uns immer an. Nach einiger Zeit geht das normale Leben im Restaurant weiter. Sie haben uns wahrscheinlich unter „harmlos" eingestuft. Für den Augenblick jedenfalls. „Na ja, da können wir furchtlos eine Runde Bier bestellen und einen Blick in die Speisekarte werfen", denke ich, solche Zeremonien schon gewohnt.

Laut sage ich zu meinen Jungs: „Heute geht alles auf meine Rechnung, denn durch euch fahre ich meine Harley wieder. Diese Typen werden sich in Zukunft vorher erkundigen, wem eine Maschine gehört."

Ich bin immer noch wütend auf diese Arschlöcher und schiebe hinterher: „Also haut rein!"

Wir essen und trinken ordentlich, aber nicht nur Alkohol, wir sind ja mit unseren Öfen vorgefahren. Zwei Stunden später bezahle ich die Rechnung, sie ist gewaltig – aber darüber spricht man nicht. Zum Abschluss bedanke ich mich nochmal bei jedem einzelnen und dann fährt jeder seines Wegs nach Hause.

Die Biker-Bar

Die nächsten zwei Jahre vergehen wie im Flug, aber ohne besondere Vorkommnisse. Das übliche halt: Runs, Familienausflüge, Leute besuchen, Club-Veranstaltungen.

Eines Tages sitze ich auf der Couch. Da schleicht sich weinend meine Frau heran und setzt sich neben mich. Sie hält einen Brief von der Polizei in der Hand und liest vor.

„Au Backe", denke ich, als ich den Inhalt höre: Miriams Eltern wurden bei einem Verkehrsunfall getötet. Beide auf einen Schlag. „Was für eine Scheiße! Das werden jetzt traurige Tage bis zur Beerdigung." Ich nehme sie in die Arme, um sie zu trösten und zu beruhigen. Solche Situationen hatte ich schon selbst erlebt. Ich bin in dieser Sache aber eher emotionslos, denn schließlich haben sie mein Rocker-Leben, wie auch mein Vater, abgelehnt. Ich konnte deshalb gar keine richtige Bindung zu ihnen aufbauen.

Ich wundere mich schließlich über die Stärke meiner Frau. Sie steckt es weg wie ein Mann und geht relativ gut mit der Situation um. Vielleicht ist es aber auch die anstehende Arbeit mit der Beerdigung und der Wohnungsauflösung. Oder der Schock.

Unserem Sohn müssen wir den Vorfall nun ebenfalls erzählen. Mit seinen jetzt 16 Jahren fällt es ihm relativ leicht, mit der Situation umzugehen. Viel Kontakt hatte er nicht zu seinen Großeltern. Meistens nur, wenn wir beide Urlaub genommen hatten. Dann kam er auf den Bauernhof meiner Schwiegereltern. So konnten wir unbehelligt mit den Harleys in die Ferne fahren. So ein bis zwei Mal im Jahr.

In zehn Tagen wird die Beerdigung stattfinden. Wir organisieren alles gründlich bis ins letzte Detail. Der Tag an sich geht zum Glück schnell vorüber. Meine Frau muss ich allerdings noch viele

Tage lang trösten. Es fällt ihr doch schwer, das Ganze zu verarbeiten. Nach der Ablenkung durch die anstehenden Pflichten bricht jetzt die Trauer durch.

Ein paar Tage später bekommen wir wieder einen Brief. Aber diesmal nicht von der Polizei. In ihm steht, dass Miriam den Bauernhof von ihren Eltern geerbt hat. Sie bekommt sofort wieder einen Heulkrampf, aber dieser geht schnell vorbei. Anschließend ergreife ich etwas taktlos die Initiative: „Hey Miriam! Wollen wir uns den Bauernhof mal anschauen? Ich bin ja eine Zeit lang nicht mehr dort gewesen."

Glücklicherweise nimmt Miriam es mir nicht krumm. Sie schiebt es auch nicht auf die lange Bank: „Okay, dann los!"

Wir setzen uns auf unsere Harleys. Unser Sohn kommt auch mit. Er nimmt hinter mir Platz, und schon sausen wir zum Hof. Dieser liegt einige Kilometer außerhalb des Ortes. Als wir ankommen, parken wir unsere Harleys vor dem Tor und gehen auf das Grundstück. Insgesamt umfasst es 4.000 m^2 Land. Der Bauernhof selbst teilt sich auf in ein Hauptgebäude, welches rund 150 m^2 misst, ein großes Nebengebäude mit circa 200 m^2, und ein kleines Gebäude mit schätzungsweise 60 m^2.

„Nicht schlecht", denke ich bei mir. „Daraus kann man eine Menge machen."

Zusammen mit Miriam entwickele ich folgenden Plan: In dem großen Nebengebäude werden wir unsere Wohnung beziehen, groß genug ist es ja. Die Gestaltung überlasse ich Miriam. Das Hauptgebäude bauen wir als Biker-Bar mit kleiner Pension aus. Das ist ein nettes Nebengeschäft, und wer weiß, vielleicht kann ich ja den Dachdecker an den Nagel hängen, auch wenn ich den

Job liebe und die Kollegen mag. Und das kleine Gebäude wird unsere Garage.

Wir sind uns schnell über alles soweit einig. Jetzt muss ich noch meine Brüder motivieren. Der Umbau wird einige Monate dauern und ich benötige jede helfende Hand, die ich kriegen kann, wenn wir irgendwann mal fertig werden möchten. Die Reihenfolge steht auch schon fest: Als erstes wird das Wohnhaus gestaltet und die Garage ausgebaut. Letztes übernehme ich alleine, da brauche ich nur zwei Wochen für, dann ist sie fertig. Aber im Nebengebäude, in dem wir wohnen wollen, muss die Elektrik neu installiert werden. Es muss tapeziert und gemalert werden. Auch der Fußboden muss neu gelegt werden, da führt leider kein Weg dran vorbei, genauso wenig, wie an einer neuen Heizung. Die alte tut es nicht mehr wirklich. Und dann wollen wir auch einen Kamin. Mann, das hat einfach Stil!

Wir haben unsere Wohnung sofort gekündigt. Drei Monate haben wir jetzt Zeit. Mit Zeitdruck arbeitet es sich am besten. Dann weiß man, man kann nicht trödeln und konzentriert sich auf die wirklich wichtigen Dinge. Ich will schließlich nicht drei Pinselstriche machen und ein Bier trinken, noch drei Pinselstriche und wieder ein Bier. So was ist einfach scheiße. Und meine Brüder können genug trinken, wenn wir erstmal fertig sind.

Ich habe auch einen Kredit bei der Bank aufgenommen. War sogar ganz einfach. Aber wenn man einen festen Job und ein Grundstück vorzuweisen hat, sieht es nach einem sicheren Geschäft für die Jungs im Anzug aus. Für mich geht es so leichter, wir können deswegen auch gleich ein modernes Bad einbauen, müssen nicht in mehreren Monaten wieder beginnen, Dreck zu fabrizieren.

Zum Glück sind unter meinen Clubbrüdern ein Elektriker, drei Maier und zwei Installateure dabei. Jede freie Minute und wenn Material da ist, kommen sie und legen los wie die Feuerwehr. Einige andere vom Club entrümpeln die alten Sachen. Einiges ist brauchbar und wird verwertet, vieles muss aber auch in den Müll. Ich selber nehme mir die Dächer vor und repariere sie. Beim Garagendach muss ich eine neue Schweißbahn ziehen. Als Letztes kommt der Außenputz an den beiden Häusern dran. Der braucht aber nur ausgebessert und mit Fassadenfarbe kurz übergepinselt zu werden. Gut für uns.

Wir schuften wie die Bekloppten und eine Woche vor Ende der drei Monate sind die beiden Häuser fertig. „Puh!“, ist mir ein Stein vom Herzen gefallen. Geschafft, jetzt können wir den Umzug machen. Und da müssen alle ran. Wir sind 18 Mann, und zwei Tage später ist der Umzug erledigt und wir auch. Bleibt noch, die alte Wohnung übergabefertig zu machen. Viel Zeit ist dafür nicht mehr. Ein paar Eimer weiße Farbe, Löcher zudübeln und im Akkord streichen. Habe extra gute Farbe besorgt, nicht die billige, wo man mehrmals rübergehen muss. Ich will schließlich nicht riskieren, dass die Abnahme schiefgeht.

So, jetzt wohnen wir außerhalb des Ortes auf einem ehemaligen Bauernhof – einfach wunderbar! Einige Möbel haben wir neu bestellt, die kommen zwei Wochen nach dem Einzugstermin. Damit können wir aber leben. Sie sind erstmal nicht so wichtig.

Als nächstes nehmen wir uns das Hauptgebäude vor. Da soll eine kleine Bar und Pension eingebaut werden. Diese Arbeit veranschlagen wir auf noch einmal fast sechs Monate. Aber da es schon recht spät im Jahr ist, wird diese über die Winterzeit erfolgen müssen. Das hat Vorteile. Erstens: Habe ich mehr Zeit. Als Dachdecker ist im Winter nicht so viel Arbeit angesagt. Ich kann meine ganze Kraft und Konzentration also ins Hauptgebäude stecken. Und zweitens: Hey, es ist keine Saison! Das Motorrad ist eingemottet und somit steht viel Zeit zur Verfügung. Perfekt!

Wegen dem drohenden Wetter kommen erst die Außenarbeiten. Beim Innenausbau ist es egal, welche Verhältnisse draußen herrschen. Die Heizung funktioniert.

Und was soll ich sagen: Es ist eine wirklich schöne Bar mit 30 Sitzplätzen, einer kleinen Bühne und vier kleinen Doppelzimmern. Als Letztes wird die Werbung ans Haus geschraubt. Sie ist optisch gut gelungen. Da kann einfach kein Biker vorbeifahren. Wer hier vorbeikommt – und der Hof liegt wirklich günstig – der muss einfach anhalten und wenigstens einen Kaffee trinken. So gut gelungen ist die Werbung am Haus. Und wenn das nicht zieht, der Frontanstrich ist ein helles Grün mit schwarz abgesetzten Ecken und Rändern. Einfach prachtvoll! Außerdem: „Wolles Biker-Bar“ hört sich doch sowieso gut an, oder?

So langsam wird das Wetter wieder besser. „Recht so“, denke ich. „Genau zum Saisonauftakt fertig geworden.“ In einer Woche ist die Eröffnungsparty. Die Werbung ist schon voll im Gange. Als ein Fertigstellungstermin absehbar war, habe ich gehandelt. So ist erstens wieder ein Termindruck da, endlich fertig zu werden und zweitens genügend Vorlauf. Und den braucht man in der Szene. So muß ich zum Beispiel am Eröffnungstag in den sauren Apfel beißen, dass nur einige Brüder aus meinem MC kommen können. Andere von uns müssen zur selben Zeit auf einer anderen Party unsere Farben vertreten. Aber so ist es nun einmal in einem MC: Viele Termine, die man wahrnehmen muss. Meine Brüder werden später noch ausgiebig Zeit haben. Die Bar ist ja schließlich keine Clubveranstaltung. Sie muss auch ohne den Club laufen können. Und das wird sie, da bin ich mir jetzt 100 Prozent sicher. Es sind mehr Biker hier, als die Bar verkraften kann. Alles rappelvoll, selbst der Hof. Ich habe zusätzlich noch ein Zelt auf dem Hof aufstellen lassen, in dem gleichzeitig ein Bauernbüfett steht. Das gehört sich so, etwas anzubieten. Das Bier braucht schließlich eine gute Grundlage. Und Freibier gibt es ebenfalls im Zelt. Und das ist bekannterweise die beliebteste Sorte Bier. Da aber die meisten Gäste mit ihren Bikes gekommen sind, wird gar nicht mal so viel Bier getrunken. Der Führerschein ist halt wichtiger.

Es ist ein schöner Tag: Ich bin erstaunt, was man so alles erschaffen kann, wenn man nur will. Jetzt muss ich noch abwarten, ob die Bar mit Pension gut läuft. Nach einem Jahr, denke ich, werde ich mehr wissen. Alles braucht ein wenig Zeit. Und der schöne Eröffnungserfolg ändert nichts an meiner Einstellung.

Jetzt trinke ich erstmal mit meiner Frau ein Glas Sekt und schaue in die Gesichter der Gäste, die die Party genießen. Ich muss sagen: so gefällt es mir, so kann es weitergehen.

Das Jahr ging schnell vorüber: Bar und Pension laufen großartig. Es ist schön, alles richtig gemacht zu haben. Ich wusste, dass es funktionieren wird. Nur nicht, wie gut. Ich gehe jetzt langsam auf die 50 zu. Die Arbeit als Dachdecker fällt mir schon schwerer. Ich entschließe mich, zu kündigen und nur noch in der Bar zu arbeiten. Die Bar und die Pension ernähren uns gut. Darauf hatte ich ja bei der Planung ein wenig gehofft.

Wir setzen mit der Bar fünf größere Partys im Jahr an. Das läuft prima und bringt zusätzlichen Schub. Aber man muss auch immer am Ball bleiben. Nicht in Vergessenheit geraten. Die Arbeit ist zwar leichter, doch zeitlich sieht es anders aus. Die vielen Fahrten mit der Harley im Jahr sind durch diese Arbeit eingeschränkt. Aber damit komme ich schon klar. Auch wenn ich jetzt weniger Zeit habe, weniger flexibel bin: Meine Harley werde ich so oft wie möglich fahren.

In einem Jahr wird mein Sohn 18 Jahre alt. Wir haben vor, ihm den Führerschein für Auto und Bike zu finanzieren. Mal sehen, wie er darauf reagiert.

Direkt an Danilos Geburtstag nehme ich ihn an die Hand und fahre mit ihm zur Fahrschule. Mann, ist der aufgeregt! Damit hat er nicht gerechnet. Ich sage ihm, dass die beiden Führerscheine von beiden Elternteilen gesponsert werden und sein Geburtstagsgeschenk sind. Ich sage ihm auch gleich, dass, wenn er die Prüfung nicht schaffen sollte, er die Mehrkosten alleine zahlen muss. Ich denke, dass ist ein Ansporn für ihn. Außerdem verrate ich ihm, dass, wenn er die Führerscheine in der Tasche hat, wir ihm eine Harley finanzieren werden. So glücklich und aufgeregt habe ich meinen Sohn noch nie gesehen. Dabei hatten wir ihn nie zu kurz gehalten, denn er ist unser einziges Kind. Er ist also schon ziemlich verwöhnt, obwohl wir uns natürlich bemüht hatten, keinen eingebildeten Rotzlöffel großzuziehen. Und ich denke, dass wir dies auch geschafft haben.

Am Abend steigt seine Geburtstagsfeier mit Freunden und Bekannten. Wir sind natürlich auch dabei. Und er erzählt jedem Einzelnen von seinem Geschenk und seine Augen sprühen vor totaler Begeisterung.

Danilo machte seine Führerscheine im Nu und im ersten Durchgang. Ich bin ein wenig stolz: „Mann, was haben wir für einen schlauen Sohn!“ Na ja, ich war ja nicht anders. Und dann muss ich unwillkürlich an meine eigene Jugendzeit zurückdenken. Schöne Erinnerungen.

Da ich ihn nicht daran erinnerte, dass wir ihm eine Harley kaufen wollten, fragte er von sich aus nach. Und nun ist Wochenende und ich fahre mit ihm zum Club. Gleich drei Member wollen ihre Harleys verkaufen. Mein Sohn sitzt ein letztes Mal hinten auf meine Harley – von eventuellen Notfällen einmal abgesehen. Die Harleys stehen aufgereiht. Jede einzelne Harley ist optisch und technisch okay. Da kann man nicht meckern. Er soll sich einfach selbst eine aussuchen, die ihm gefällt. Er setzt sich auf jede und startet sie. Eine von den drei Harleys findet er sofort toll, sie hat es ihm also angetan. Mit den Harleys ist es wie mit Frauen: Wenn du erstmal von einer begeistert bist, nimm sie mit, sonst wird es dir nie Ruhe geben. Also sage ich ihm: „Die kannst du gleich mitnehmen. Einfach raufsetzen und losfahren. Aber bitte, sei vorsichtig. Eine Harley fährt sich anders als ein japanisches Fahrschulmotorrad.“ Klingt das zu besorgt?

Er strahlt über das ganze Gesicht vor Freude und ich freue mich mit ihm. Ich weiß ja selbst, wie es ist, seine erste Harley zu besitzen. Obwohl, ich hatte sie mir hart erarbeitet. Und das ist vielleicht ein noch besseres Gefühl.

Er setzt sich auch sofort auf den Bock und fährt nach Hause. Ich dagegen handele jetzt erstmal mit meinem Clubbruder die Summe aus. Wir werden uns einig, reichen uns die Hand und der Deal steht. Übrigens ist die Harley ein Fat-Boy-Modell – und auch schwarz! Die muss nicht erst umlackiert werden. Sie sieht wirklich toll aus und ist auch mein heimlicher Favorit gewesen. Die beiden anderen sind nicht traurig, denn sie werden ihre Harleys dann eben an jemand anderen verkaufen. Käufer finden sich immer, obwohl es natürlich schöner ist, sie im Umfeld noch zu sehen. Die Liebe zu den Frauen, die man besessen hat, mag vergehen, die Liebe zu jeder Harley, die man besessen hat, nicht.

Ich fahre dann auch gleich nach Hause. Dort sehe ich, wie meine Frau sich mit darüber freut, dass ihr Sohn jetzt ebenfalls eine schöne Harley fährt.

Sie hat natürlich immer Angst um ihren Sohn und sagt ihm jedes Mal er solle nicht zu schnell fahren. Er sagt dann immer: „Ja, ja Mama!“ Meine Frau wird bestimmt noch einige Zeit brauchen, um die Sorge abzubauen. Ich hoffe für meinen Teil ebenfalls, dass er achtsam fährt. Aber ich behalte es eher für mich. Eigentlich habe ich meinem Sohn eine Menge dazu beigebracht, ich werde mit ihm das nächste Wochenende mal eine kleine Tour gemeinsam unternehmen. Mal sehen, wie er sich anstellt. Miriam will unbedingt dabei sein. Verständlich, als Mutter die sich Sorge um ihren Sohn macht. „Na gut“, denke ich mir. „Werden wir eben eine Tour zu dritt machen. Dann kann auch meine Frau sehen, wie sich ihr Sohn anstellt und vielleicht beruhigt sie sich dann ein wenig.“

Am Samstag packen wir nur Regensachen ein, und jeder schnallt sie auf sein Motorrad. Hauptsache ist, man hat genug

Zahlungsmittel dabei. So, jetzt geht's ab in den Harz, nach Pullman-City. Es ist eine bekannte Westernstadt, die oft genug Biker-Veranstaltungen organisiert. Wir setzen uns auf unsere Harleys und fahren vom Hof. Die Biker-Bar läuft auch mal ohne uns. Auf unsere Angestellten können wir uns verlassen.

Ich beobachte den Fahrstil meines Sohnes. Miriam klebt mit ihrer Harley hinten dran, sieht komisch aus. Na ja, sie hat noch Bedenken gegenüber seinem Fahrstil. Aber ich bin zuversichtlich. Er fährt ordentlich: nicht zu schnell und nicht zu langsam. Die nächste Tankstelle fahren wir an, um zu tanken. Es sind jetzt noch 80 km bis zur Westernstadt. Ich sage bei einer Tasse Kaffee auf dem Rastplatz: „Ich fahre jetzt voran. Du, Danilo hinter mir. Und du, Miriam, machst den Abschluss."

Auf den letzten Kilometern schließen sich immer mehr Biker an. Sie wollen alle nach Pullman-City. Ich frage mich, ob ich was verpasst habe, ob die zufällig eine Biker-Veranstaltung haben. Als wir ankommen, traue ich meinen Augen nicht: Mann, ist das voll in der Westernstadt, hätte ich nie im Leben gedacht! Und es gibt keine Biker-Veranstaltung. Ich bin völlig platt, wie so was sein kann. Das letzte Mal war ich vor 22 Jahren hier, da war nicht annähernd so viel los.

Vor der Stadt suchen wir erst einmal nach einer Übernachtung. Wir finden ein Privathaus mit Zimmervermietung und quartieren uns ein. Für die Fülle hier, überraschend schnell. Ich hatte Befürchtungen, wir suchen Stunden oder finden erst gar nichts mehr. Aber offensichtlich haben die meisten Besucher nicht vor, hier zu nächtigen. Scheinen mehr Tagesausflügler zu sein. Gut für uns.

Dann fahren wir in die Westernstadt ein und stellen unsere Harleys auf der Hauptstraße ab. Fast wie im Film, nur das wir unsere Harleys nicht am Geländer anbinden. Aber wie die Cowboys, wenn die in die Stadt kommen, so gehen auch wir erst einmal in einen Saloon. Dort bestelle ich eine Runde Bier und sehe mich nach Sitzplätzen um. Ich sehe noch unglaubliche drei freie Stühle und im selben Augenblick sitzen wir auch schon. Ist wie mit einem Parkplatz: Wenn man zögert, freut sich jemand anderes.

Mein Sohn ist richtig aufgeregt. Hier ist er noch nicht gewesen. Und so was hat er überhaupt noch nie gesehen. Natürlich hat er etwas von unseren Partys miterlebt, zur Eröffnung der Bar war ja auch eine Menge los, aber gegen das hier, wirkte alles eher familiär.

Ich sage: „Mehr als zwei Bier werden nicht getrunken, sonst müssen die Harleys hier bleiben." Ich ernte Verständnis, das wollen wir alle nicht. Und die zweite Runde kommt gleich hinterher. Nachdem wir auch diese getrunken haben, bezahle ich und wir gehen vor den Saloon. Was für Menschenmassen und hunderte von Harleys. Darunter sind auch wunderschöne Custombikes.

Wir gehen die Hauptstraße rauf und runter und können uns kaum satt sehen. An einem Hamburger-Stand essen wir etwas und trinken einen Kaffee. Dann schlendern wir zu einem Saloon, in dessen Inneren eine Rockband spielt. Wir sehen uns diese Show-Band an. Sie ist wirklich gut. Anschließend gehen wir zu unseren Harleys, setzen uns drauf und fahren zur Ferienwohnung. Am nächsten Morgen fahren wir noch einmal zur Westernstadt, um zu frühstücken. Jetzt ist es nicht mehr so belebt in der Stadt.

Oder vielleicht noch nicht? Aber das werde ich auch nicht herausfinden.

Wir nehmen unser Breakfast ein, machen noch ein paar Fotos und fahren wieder nach Haus.

Drei Stunden später sind wir zu Hause angekommen.

Ich frage so nebenbei meinen Sohn, ob er damit zufrieden war.

Er sagt: „Natürlich, war doch Klasse, mit der Familie mal gemeinsam auf Harleys unterwegs zu sein."

Sonst saß er bisher ja hinten auf einer Harley oder im Auto, oder noch früher im Kinderwagen. Und bei letzterem Gedanken muss ich schmunzeln. „Wie lustig", denke ich mir. „So vergehen die Jahre."

Jetzt wird es aber Zeit, das Geschäft zu überprüfen. Die Biker-Bar ist ganz gut am Wochenende gelaufen. So muss es sein. Guter Umsatz, keine Probleme. Chef und Chefin nicht vermisst. Das eröffnet mir vielleicht doch die ein oder andere Tour mehr in der Zukunft.

Mein Sohn wird
Rocker
WILD
MOB
666

Jetzt muss ich nur noch darauf hinarbeiten, dass Danilo noch in meinen Club eintritt. Meine Brüder kennen ihn ja nur zu gut. Ein Problem gibt es da aber noch: Er kann erst ab 21 Jahren Vollmitglied werden. Also werde ich dafür sorgen, dass er sich nach seinem zwanzigsten Geburtstag beim Wild Mob MC vorstellt. Wenn seine Prospect-Zeit abläuft, wird er seinen 21. Geburtstag gefeiert haben. Das wird doch wohl klappen. Bis er 20 wird, dauert es noch 18 Monate, und die werden wir auch noch überstehen.

Die nächsten zwei Jahre unternehme ich mit meiner Familie viele Fahrten, auch in Verbindung mit meinem Club – wie es eben die Zeit zulässt. Aber da der Test mit unserer Bar-Abwesenheit erfolgreich verlaufen ist, trauten wir uns das jetzt. Und wie bei der ersten Familientour in den Harz, die Bar lief ohne Zwischenfälle.

Jetzt ist der Tag da, an dem sich mein Sohn Danilo dem Club vorstellen soll. Ich bin gespannt, wie er das anstellt. Auf der Sitzung sprechen wir kurz darüber. Ich sage nur: „Heute stellt sich mein Sohn bei uns vor.“ Alle grinsen in die Runde, denn es ist schon lange klar, dass dieser Tag kommen würde.

„Dann mal los, hol’ ihn rein! Wir wollen hören, was er zu sagen hat.“

Ich stehe stolz auf, gehe hinaus und hole ihn in den Sitzungsraum. Ich setze mich wieder hin. Er muss nach Vorne und im Stehen sein Begehren erklären. Ruhe im Saal, alle sind gespannt.

„Nach langem Überlegen, habe ich mich entschlossen, diesem Club beizutreten und meine ganze Kraft einzusetzen, den Club in Ehren zu halten. Ich habe viel von Wolle, meinem Vater, gelernt. Ich hoffe, ihr wollt mich auch.“

Und wieder geht ein Grinsen durch die Runde.

Und nun ist Sven, der immer noch der President ist, an der Reihe. Es gehört ja zu seinen Aufgaben: „Na dann zeig mal, was du drauf hast. Da wir dich ja alle schon lange kennen, erlassen wir dir die Zeit als Hangaround, und du fängst gleich als Prospect an. Alles andere brauche ich dir ja nicht zu erklären, das wird dein Vater schon getan haben. Und wenn nicht, wird er es noch tun."

Mein Sohn steht immer noch: „Alles klar, ich hoffe, ich werde euch nicht enttäuschen."

Darauf sage ich: „Na dann mal los, darauf wollen wir anstoßen."

Die ganze Runde, an die zwanzig Member, begrüßen das sofort. Ist doch immer das gleiche …

Wir lösen die Sitzung im Nu auf und begeben uns zur Bar. Das erste, was mein Sohn tut, er geht hinter den Tresen und stellt das Bier mit den Worten: „Hier, bedient euch!"auf die Theke.

„Tja so kann es gehen. Erst vor dem Tresen und jetzt dahinter", sage ich zu ihm.

Aber das wird demnächst seine Aufgabe sein. Und er kennt sie. Das hat er mit dieser Aktion schon einmal bewiesen. Da ihn ja alle von uns schon gut kennen und ich außerdem noch sein Vater bin, wird er, solange er keinen Mist baut, gut behandelt. Aber er wird keinen Sonderstatus haben. Auch er muss sich bewähren. Es zählt nicht, wer oder was ich bin sondern wer oder was er ist. Und da werden wir kein Auge zudrücken.

Zum Glück für meinen Sohn haben wir derzeit noch zwei weitere Prospects. Darum bleibt die Arbeit beim Club nicht an ihm alleine hängen.

Eines Tages kommt Danilo mit einem blauen Auge nach Hause. Ich frage ihn, was geschehen ist. Als Antwort sagt er, dass man ihn gereizt und verspottet hätte.

Okay, an dieser Stelle könnte ich ausblenden. Er ist alt genug. Aber er gehört jetzt zum Club und da muss ich nachhaken. Es stellt sich im folgenden Gespräch heraus, dass es ein Member vom Luzifer MC war. Als Antwort hat er ihm dann auf's Maul gehauen. Bevor der Kerl schließlich abgehauen sei, hätte er aber einen Treffer bei meinem Sohn landen können.

Ich beglückwünsche ihn, dass er diesen Typen in die Flucht geschlagen hat. Damit wäre die väterliche Pflicht bei einer normalen Rangelei erledigt. Aber er ist in unserem Club und der Gegner ist ein Member eines anderen Clubs. Und damit ist es Club-Business. Ich rufe sogleich bei Sven an, um ihm den Vorgang zu berichten.

Sven nimmt den Vorfall ernst und antwortet: „Wer weiß, was dieser Typ seinem Club erzählt. Ich werde mich darum kümmern."

Eine Woche später stehen sechs Member vom Luzifer MC vor unserem Clubhaus. Sie wollen mit uns reden. Wir setzen uns mit ihnen an den runden Tisch und Sven fragt, was sie auf dem Herzen hätten.

Ein breitschultriger Typ sagt: „Unserem Member Kai wurde ohne ausreichenden Grund von einem Prospect von euch auf die Schnauze geschlagen. Was soll das? Wir haben nie Probleme miteinander gehabt und nun so was. Wir wollen das sofort geklärt haben!"

Sven antwortet: „Er hat mit Sicherheit berechtigt auf die Schnauze bekommen. Er hat unseren Prospect angepöbelt, und dieser hat sofort gehandelt. Ich halte das auch für richtig. Entweder ihr akzeptiert das oder nicht."

Jetzt springt plötzlich ein Kleinerer auf, es ist der President des MC, und sagt: „So geht das nicht. Wir lassen nicht zu, dass uns ein Prospect anmacht und dann noch Recht bekommt."

Sie stehen alle gleichzeitig auf und gehen so schnell wie sie gekommen sind wieder fort. Einer ruft noch, das würde noch ein Nachspiel geben.

Sven ist jetzt richtig sauer und ruft hinterher: „Wir sind bereit."

Ich denke bei mir: „Wenn sie schlau sind, vergessen sie diesen Vorfall, denn so ein Theater bringt doch nichts. Jeder hat ausgeteilt, jeder hat eingesteckt. Die Sache ist erledigt. Aber dieser Auftritt … Was war das für eine Nummer? Wenn Sie herkommen, um zu reden, dann sollten sie auch reden. Den Besuch hätten sie sich sparen können. Was haben sie von uns erwartet?"

Wir setzen uns nochmal kurz hin. Krisensitzung! Sven gibt uns als Abschluss dieses Dilemmas die Anweisung, dass wir die Augen offen halten sollen. „Dieser MC ist nicht von schlechten Eltern. Wir können damit rechnen, dass es noch eine Retourkutsche gibt."

Ich denke mir nur, das bringt eigentlich nie was. Denn wenn das ein Kleinkrieg wird, schreitet die Polizei ein, und beide MCs haben das Nachsehen. Ich hoffe, dass es nicht soweit kommt.

Bisher sind einige Monate ohne Zwischenfälle vergangen. Vielleicht waren sie ja doch vernünftig und haben nach dem Auftritt bei uns noch einmal nachgedacht.

Mit meinem Sohn will ich jetzt eine kleine Tour unternehmen. So ungefähr 150 km entfernt von unserem Haus gibt es eine kleine

Party, wo an die 300 Biker erwartet werden. Die Party gibt ein kleiner MC. Und der ist dafür bekannt, dass die Partys immer gut organisiert sind und eine Menge Weiber dort aufkreuzen. Miriam fährt ja nicht immer mit. Wenn der Club unterwegs ist, werden keine Frauen mitgenommen. Und neben mir und Danilo fahren fünf weitere Member von uns dort hin. Das ist also eine Clubfahrt, auch wenn wir nicht viele sind. Für uns alle habe ich auch schon für die Übernachtung gesorgt. Gepäck brauchen wir nicht mitzunehmen, und in anderthalb Stunden sind wir schon da.

Wir fahren alle mit unseren Harleys, und wir schaffen es auch in den gerechneten 90 Minuten. Erst schauen wir uns das Hotel an und checken ein.

So, jetzt geht es ab zur Party, ist ja gleich um die Ecke. Bevor wir das Gelände betreten, kommt gleich ein Mitglied des veranstaltenden MC auf uns zu, begrüßt uns und warnt uns, dass auch zwölf Member vom Luzifer MC da sind. „Au Backe!“, denke ich mir. „Das muss ja mal passieren, dass wir aufeinandertreffen.“ Diese Typen sind ja am Zug.

„Na, mal sehen wie es ausgeht“, sagt jemand von uns.

„Vielleicht halten sie ja auch die Füße still“, jemand anders.

Auf jeden Fall verabreden wir sofort, uns immer im Blickfeld zu behalten.

So, und jetzt ab zur Theke und Bier tanken. Bier kommt immer als erstes. Dann erst schauen, was hier so los ist und ob ich vielleicht jemanden kenne, mit dem ich kurz ein paar Worte austauschen kann. Ich entdecke aber niemanden. Gut, dann Plan B: Ich werde jetzt einfach mal ein paar Frauen anbaggern. Vielleicht klappt da was.

Danilo hängt schon an einer dran und amüsiert sich ausreichend. Ich schmunzel: „Das kann er nur von mir geerbt haben."

Plötzlich sehe ich, wie mein Sohn von hinten von einem Member des Luzifer MC gepackt und zu Boden geworfen wird. Ich springe gleich auf ihn zu und schlage ihn mit meiner Faust nieder. Das ist doch tatsächlich der Typ, weswegen wir den Konflikt haben. Unglaublich der Kerl. Und sofort gebe ich ihm noch zwei Schläge zusätzlich auf die Fresse, damit er endlich Ruhe gibt.

Was soll man sagen: Initialzündung! Die anderen mischen sich auch sofort ein und so schlagen sich in Nullkommanichts fast zwanzig Mann. Welch ein Drama.

Es ist aber schnell erledigt, denn die besten Leute von diesem MC sind nicht auf der Party. Also haben wir voll und ganz die Schlacht gewonnen. Und das mit wesentlich weniger Leuten. Zu guter Letzt werden sie noch des Platzes verwiesen, weil sie angefangen haben. Welch ein Triumph. Diese Niederlage wird sie erst einmal einige Zeit beschäftigen. Aber wahrscheinlich wird sie nicht dazu dienen, endlich Ruhe zu geben. Im Gegenteil. Jetzt ist die Stimmung wohl richtig aufgeheizt bei ihnen.

Aber was die Zukunft bringt, ist uns in diesem Augenblick egal. Jetzt können wir erstmal richtig feiern, ohne darauf achten zu müssen, wer hinter einem steht. Und das ist doch immerhin etwas. Danilo hat wieder ein blaues Auge. Das macht ihm aber nichts aus. Er flirtet einfach weiter mit den Weibern, und ich habe auch eine an der Angel. Ihr Name ist Gabi, ein einfacher Name, den man sich gut merken kann. Eigentlich ist das auch egal. Es soll ja nur ein Abenteuer für eine Nacht sein und wen interessieren da schon Namen. Wir amüsieren uns köstlich. Es ist wirklich eine gelungene Party, so wie wir das erwartet haben. Ich tanze sogar bei zwei Liedern, die die Band spielt. Das reicht aber auch. Bevor ich mich beim Tanzen verausgabe, schnell die Alte mit auf das Hotelzimmer geschleppt. Ich habe eine angenehme Nacht im Hotel. Sie verschlingt mich mit all ihren Reizen. Einfach klasse, mal was anderes.

Am nächsten Morgen nehmen wir alle noch ein gemeinsames Frühstück ein. Von uns Sieben, hatten Vier Besuch auf den Zimmern. Guter Durchschnitt muss ich sagen.

Ich verabschiede mich von Gabi ohne viel Theater. Wir wussten ja beide, dass das ein einmaliges Ding sein würde. Die anderen tun das Gleiche, mein Sohn auch. Jetzt bemerkt er sein blaues Auge und die Schmerzen. Aber er sagt: „Egal, auch das geht vorbei."

Wir bezahlen die Zimmer, setzen uns auf die Harleys und fahren davon. Zwei Stunden später kommen wir zu Hause an. Miriam fragt mich, wie es denn so war.

„Klasse, wir haben getanzt und uns geprügelt. Einfach alles, was zu einer Party gehört."

„Und die Weiber?"

„Klasse Modelle waren schon da, aber was soll's, ich liebe nur dich."

Das sage ich, ohne rot zu werden. Na ja, aus dem Alter bin ich ja auch raus. Ob sie mir geglaubt hat, weiß ich nicht. Sie weiß aber auch, dass es nichts bringt, mir Löcher in den Bauch zu fragen. Diese kleinen Abenteuer brauche ich ab und zu mal, das gehört einfach zu meiner Lebenseinstellung. Miriam werde ich niemals aufgeben oder verlassen, das weiß sie auch. Natürlich darf ich es nicht zu weit treiben, das ist mir klar. Das ist aber auch gar nicht mein Anliegen.

Erst jetzt wendet sie sich ihrem Sohn zu und sieht das blaue Auge.

„Was ist denn nun schon wieder passiert?"

„Nichts Besonderes, dass war der gleiche Idiot wie beim letzten Mal. Aber kein Ding. Die haben richtig auf die Fresse bekommen."

Damit ist sie erst einmal zufrieden gestellt.

Mittwoch, Sitzungstag. Danilo wird herein gerufen. Er wundert sich, denn Prospects haben in der Versammlung nichts zu suchen. Sven teilt ihm mit, dass er ab jetzt Vollmitglied sei. Er freut sich und ist noch erstaunter als er ohnehin schon ist, denn es sind erst zehn Monate vergangen.

Ich weiß warum. Es waren die tatkräftigen Einsätze, bei denen er sich die blauen Augen zugezogen hatte. Hätte er gekniffen, hätte es den gegenteiligen Erfolg bedeutet. Und ich bin mir sicher, umgekehrt wäre es auch bei den Teufeln so gelaufen.

Er ist auch der letzte Prospect, der zum Member gewählt wird. Die anderen zwei hatten es schon vor ein paar Monaten erlebt und sind seitdem Full-Member. Danilo hatte seitdem alleine die Arbeiten zu verrichten und erledigte diese mit Bravour und ohne zu klagen. Ein weiterer Pluspunkt. Da wir aber derzeit keine Neuen in Aussicht haben ... Schon gut, wir kriegen unsere Sachen auch ohne Prospects erledigt. Und solch' freudiges Ereignis schreit wieder nach einer kleinen Party im Clubhaus am Freitag. So etwas wird immer begossen. Meine Frau Miriam wird als

Mutter von Danilo natürlich auch dabei sein. Sie ist so stolz auf ihn, dass er es endlich geschafft hat.

Sven, unser immer noch amtierender President, gratuliert Danilo und übergießt ihn mit einem Eimer zusammengepanschter Flüssigkeiten, ein anderer streut gleich zwei Tüten Mehl über ihn. Jetzt sieht er wie geteert und gefedert aus. Mein Sohn hatte sich, wie ich damals, zu Hause alte Klamotten angezogen, denn er wusste ja, was ihm blüht. Wir enden wieder, dass wir alle im Clubhaus schlafen. Wir haben einfach zu viel Alkohol im Blut. Da wird keine Harley angerührt.

Am nächsten Morgen fahren wir nach Hause, setzen uns an einen Tisch und ich schlage vor, dass die Familie mal wieder eine Wochenend-Tour machen soll. Alle sind einverstanden. Wir überlegen uns nur noch wohin, und Miriam muss dann noch die Arbeitskräfte für die Biker-Bar und das Hotel einteilen.

„Wir können doch mal an die Nordsee fahren. Das sind doch nur so ungefähr 200 bis 300 km", schlägt Danilo vor.

„Na klar", antworte ich und Miriam ist auch sofort einverstanden. Ist ja auch super, sich mal so richtig die Seeluft um die Nase wehen zu lassen.

Ich buche gleich über Internet in Aurich ein Doppel- und ein Einzelzimmer.

Freitag früh satteln wir unsere Harleys und fahren vom Hof. Ich muss jetzt schon lange nicht mehr abwarten, bis ich Feierabend habe oder extra einen Urlaubstag nehmen. Es ist schön, bei Zeiten loszufahren und ganz entspannt anzukommen. Und so sind wir schon Mittags im Hotel angelangt. Das Wetter sieht nicht sehr gut für eine Fahrt auf der Nordsee aus. Also nutzen wir am Nachmittag das Wellness-Programm im Hotel und werden abends ein paar Drinks an der Bar zu uns nehmen. Der Wellness-Bereich ist erstklassig. Der Whirlpool und das Schwimmbecken haben es mir besonders angetan. Diese Art der Entspannung brauchte ich wirklich wieder mal. Ist schon lange her, seit den letzten Wellness-Stunden. Wir amüsieren uns reichlich.

Ich bin aber auch ein wenig neidisch auf Danilo. Er flirtet in einer Tour. Ich kann es ja nicht, da ich mit einer wunderschönen Begleitung unterwegs bin. Aber es macht mir auch nichts aus, und ich amüsiere mich mit meiner Frau Miriam.

Am Abend gehen wir wie geplant an die Hotelbar und trinken ein paar Schlummertränke. Wir sind alle drei von der Wellness erschöpft und gehen frühzeitig schlafen. Was so ein Tag im Bad ausmacht.

Am nächsten Morgen nehmen wir ein kräftiges Frühstück ein, danach fahren wir auf unseren Harleys zur Stadt Norden, um eine Fähre zur Insel Norderney zu nehmen. Das Wetter ist nun mit uns. Vorher fahren wir aber erst einmal ein paar Kilometer an der Küste entlang. Es ist ein wundervolles Panorama, einfach herrlich anzusehen. Und die Sonne scheint in voller Pracht. Da ist es günstig, dass wir noch eine halbe Stunde auf das Schiff warten müssen. Wir holen uns jeder ein Eis, setzen uns und schauen dem Spektakel an der Anlegestelle zu. Manchmal denke ich, dass wir mit unseren Harleys interessanter sind, als alles andere um uns herum. Jedenfalls beäugen uns die Schaulustigen. Das sind wir ja gewöhnt. Und letztlich ist es heute so, dass jeder jeden beäugt. Nur wir haben ein Eis, die anderen nicht.

So, die Fähre ist da, also rauf mit unseren Öfen und im Nu sind wir auch schon auf der Insel. Dort halten wir uns ungefähr vier Stunden auf. Wir gehen am Strand entlang, meine Frau und ich sogar Hand in Hand. Es kommt ja nicht oft vor, aber wir finden es hier und jetzt romantisch. Unser Sohn schmunzelt darüber, aber es gefällt ihm auch. Wir gehen noch in ein Restaurant und essen zu Mittag. Danach suchen wir die Fähre wieder auf, die uns zum Festland zurückbringt. Bevor wir wieder zum Hotel fahren, kauft Miriam noch ein Andenken und macht ein paar Fotos. Der Klimbim-Verkäufer muss auch einige Fotos von uns dreien schießen. Solche Andenken finde ich überhaupt nicht toll, aber Frauen denken anders darüber. Ich bin jedenfalls zufrieden, als wir wieder auf unseren Öfen sitzen und zum Hotel fahren.

Kaum dort angekommen, suchen wir gleich wieder die Wellness-Räumlichkeiten auf. Wir amüsieren uns köstlich. Der Whirlpool tut uns gut. Ich fühle mich wie neugeboren. Eigentlich müsste man dieses Programm wenigstens zweimal im Monat machen. Leider ist nicht immer die Zeit dafür vorhanden.

Am nächsten Morgen nehmen wir ein deftiges Frühstück ein, dann bezahle ich die Zimmer. Wir setzen uns auf unsere Harleys und fahren erst einmal zur Tankstelle und füllen unsere Tanks wieder voll. Stürmischer Wind begleitet uns die ganze Fahrt über, stellenweise leichter Regen. Auch das überstehen wir. Zu Hause angekommen stellen wir die Harleys in die Garage und uns unter die Dusche. Ich sehe dabei aus dem Fenster, wie der Regen immer stärker wird. Einige Blitze durchzucken jetzt den Himmel, danach Donner. Nennt man so was Glück im Unglück? Ich freue mich jetzt riesig, dass wir das nicht abbekommen haben.

Als ich in der Woche so hinter dem Tresen unserer Biker-Bar stehe, überlege ich mir, ob ich mir nicht mal eine alte Harley zulege. Ich denke da an so eine alte Panhead. Das ist der Vorgänger der Shovelhead. Ich muss zusehen, dass ich ein heruntergekommenes Model zum Kaufen finde, dessen bin ich mir sicher. Eine gepflegte Panhead kostet nämlich mittlerweile schon um die 20.000 Euro. Und das ist ein schöner Batzen Kohle.

Also finde ich mich in der nächsten Zeit wieder beim Durchwälzen von Motorradzeitschriften. Damit startete ja alles vor über 25 Jahren. Nach Stunden der Anstrengung erspähe ich endlich eine interessante Annonce aus Passau. Eine Panhead für Bastler für nur 8.500 Euro. Ich rufe sogleich an.

„Hi, ich bin Wolle. Mich interessiert deine Panhead. Was fehlt, was ist defekt?"

Der Typ antwortet: „Das Teil ist tadellos. Es muss nur das Getriebe und der Motor überholt werden. Ach ja, wäre wohl auch gut, die Elektrik zu erneuern. Und dann natürlich putzen und neu lackieren."

„Mann o Mann, das ist aber viel!", erwidere ich ihm. „Hör zu, ich biete dir 7.000 Euro an. Ich kann in sechs Stunden bei dir sein und du kriegst die Kohle bar auf die Hand. Was sagst du?"

Er willigt überraschenderweise sofort ein, ohne weiter zu handeln. Ich notiere die genaue Adresse.

Danilo kommt in einer Stunde von der Arbeit. In der Zwischenzeit hole ich schon mal den Clubtransporter und suche nach den Spanngurten – wie immer. Ich setze mich mit den gefundenen Gurten ins Auto und fahre erstmal wieder nach Hause, um meinen Sohn abzuholen. Den hatte ich schon telefonisch aufgeklärt.

Miriam muss jetzt erstmal allein die Bar schmeißen. Ich erzähle Danilo erst jetzt, was wir für eine Harley abholen werden. Er schlackert mit den Ohren und fragt, ob ich weiß, was ich da tue.

„Aber natürlich", sage ich. „Diese Panhead werde ich erst einmal in sämtliche Einzelteile zerlegen und dann systematisch wieder zusammen bauen. Das wird mein Hobby für die nächsten zwei Jahre."

Danilo sagt nichts weiter. Wozu auch, er könnte mich ja eh nicht umstimmen und das weiß er nur zu gut.

Das Abholen ist eine kleine Abwechslung. Ich bin die ganze Zeit über aufgeregt. Und als wir die Harley endlich in unserer Garage stehen haben, kann ich es kaum erwarten, anzufangen.

An einem einzigen Tag habe ich die Panhead dann zerlegt. Das Getriebe und den Motor gebe ich in einer Harley-Werkstatt ab. In der darauf folgenden Woche lasse ich den Rahmen und die Schutzbleche mit schwarzem Kunststoff beschichten. Auch der Motor und das Getriebe sollen schwarz lackiert werden, bevor ich sie mit den Neuteilen zusammenbaue.

In der Zwischenzeit, bis ich die Teile wieder bekomme, muss ich mich natürlich mit um die Bar kümmern. Miriam kann ja nicht alles allein bewerkstelligen. Geht auch gegen meine Ehre, obwohl ich mich am liebsten jetzt voll in die Restauration der Panhead stürzen würde. Die Einnahmen müssen ja auch stimmen, denn ohne Geld sind mir die Hände gebunden. In jedem Hobby steckt schließlich auch eine Menge Kraft, Zeit und Geld. Ein Glück, dass die Bar einen guten Gewinn abwirft. Weit und breit gibt es so was ja nicht. Damit bin ich konkurrenzlos.

Die Ausfahrt

Am nächsten Wochenende macht der Club wieder eine kleine Ausfahrt zu einer Party circa 200 km von uns entfernt. Miriam wird sich einmal mehr allein um das Geschäft kümmern müssen.

Danilo und ich fahren zum Clubhaus. Alle Mitglieder treffen nacheinander ein. Es ist Samstagmorgen, mein Sohn und ich werden uns ein Zelt teilen, das ich auf meiner Harley angeschnallt habe.

Sven brüllt in die Runde: „Los jetzt! Setzt euch auf die Harleys und ab! Wir wollen nicht als Letzte dort auftreten."

Jeder von uns startet seine Maschine. Mann, das ist ein Klang, 26 startende Harleys – einfach wunderbar! Wir donnern los und zweieinhalb Stunden später treffen wir ein. Es ist doch immer wieder schön zu sehen, wie man uns beim Eintreffen anstarrt. Der Veranstalter begrüßt uns persönlich. Ein Areal auf dem Campingplatz war für uns auch schon abgesteckt worden. Wir fahren dort hin, bauen die Zelte auf und stellen die Harleys neben den Zelten ab. Dann gehen wir im Rudel zum Party-Geschehen.

Mann, da ist ganz schön was los! Ich schätze, rund 500 Gäste sind schon anwesend, darunter auch viele MCs. Wir bleiben alle in Sichtweite, so haben wir das ausgemacht, denn man weiß ja nie, was so alles passieren kann. Die Luzifer-Sache halten wir immer noch für nicht beendet. Zumal sie auch aus der Gegend stammen und diese Party ein Katzensprung ist.

Und richtig, kaum haben wir das erste Bier getrunken, hören wir ein lautes Grollen. Ungefähr 40 Harleys kommen angedonnert. Wir staunen nicht schlecht: Es sind der Rebel Dogs MC und der Luzifer MC. Ersterer als Stänkerer-Club bekannt und unser Erzfeind, zweiter eigentlich nicht in diese Kategorie gehörend aber offensichtlich erpicht darauf, dorthin zu gelangen. Wir müssen ja immer damit rechnen, auf die zu stoßen. Aber beide zusammen, was für eine Scheiße! Wir rechnen ja wegen der angespannten Situation mit Ärger und sind deshalb auch darauf vorbereitet. Aber das die sich verbünden, ist schwer zu schlucken. Zumal die Hunde niemand mag, das galt eigentlich auch für die Teufel. Doch der frisst in der Not bekanntlich Fliegen.

Ich denke noch – wie jedesmal – „vielleicht geht alles gut und die bleiben ruhig." Dann sehe ich genauer hin und bemerke, die haben keine Schlafsäcke und Zelte dabei. Das ist nicht gut. Die wollen gar nicht lange bleiben. Warum sind sie dann hier? Doch nicht, um kurz guten Tag zu sagen. Ich bin mir jetzt sicher, die sind auf Ärger aus und nur deswegen hier.

Es dauert auch nicht lange, da geht es schon los. Sie sehen uns und pöbeln herum. Die haben gezielt nach uns gesucht und beginnen ohne Umschweife mit der Provokation. Die brauchen das offensichtlich. Und wer will, kann haben. Wir fackeln also nicht. Fünf Mann von uns greifen sich sofort die pöbelnden Idioten und schlagen sie nieder. Innerhalb von zehn Minuten ist eine Massenschlägerei im Gange. Jeder von uns hat ein bis zwei Mann von denen am Wickel. Einen Vorteil haben wir: Wir sind kräftiger und schneller. Nach einer halben Stunde ist alles vorbei. Die Veranstalter gehen dazwischen und trennen uns so gut wie sie es können.

Drei Krankenwagen müssen angefordert werden, denn unsere Gegner haben teilweise schwer einstecken müssen. Sechs Mann von ihnen müssen ins Krankenhaus eingeliefert werden. Der Veranstalter, auch ein renommierter MC, gibt beiden MCs Platzverbot. Das haben sie nun davon. Machen die so weiter, können die sich bald nirgendwo mehr blicken lassen. Vielleicht ist das ja ein Ziel von ihnen. Wir definieren die Ziele eines MCs aber anders und die Gründe, um zu einer Party zu fahren, ebenfalls.

Zum Glück sind alle von unserem Club vor Ort. Einige von uns haben blaue Augen oder Schürfwunden abbekommen. Diesmal hat Danilo gut ausgeteilt und, ebenso wie ich, keine Schramme abbekommen. Mal was neues. Der Penner, der für den Zwist zwischen den Teufeln und uns verantwortlich ist, war ja auch wieder dabei, ging aber nicht auf Danilo los. Wir standen diesmal übrigens beide Rücken an Rücken.

Wir bekommen kein Platzverbot. Wir sind aber auch mit dem Veranstalter-MC gut befreundet und haben den Streit auch nicht angefangen. Wir werden sogar auf eine Rund Bier eingeladen, denn die beiden Clubs kann eben niemand ausstehen.

Da einige von denen mit Krankenwagen abtransportiert werden mussten, kommt natürlich auch die Polizei auf das Party-Gelände. Sie fragt den Veranstalter, was los war. Der sagt aber nichts. Bei den MCs gibt es eine Regel, die von fast allen MCs eingehalten wird: Nicht mit der Polizei reden, denn wir regeln unsere Differenzen unter uns. Die Polizei zieht auch bald von dannen. Und ich denke, es ist ihnen an dieser Stelle auch herzlich egal. Sind sich ja nur ein paar Rocker untereinander an die Kehle gegangen, nicht einmal in der Öffentlichkeit. Gibt ihnen zumindest die Möglichkeit, ein wenig zu spionieren.

So, jetzt können wir endlich den gemütlichen Teil in Angriff nehmen. Wurde ja auch Zeit. Ich halte Ausschau nach einem Weib. Es sind ja genügend davon da. Ein bisschen Unterhaltung kann ja nicht schaden, das hebt die Stimmung. Ich flirte gleich mit mehreren. Aber zum Abschleppen habe ich heute keine Lust. Lieber neue Kontakte knüpfen. Ich tausche Adressen mit anderen Clubs aus. Als Secretary sollte man viele Adressen horten, zwecks Einladungen zu eigenen Partys. Ich habe auch immer genügend Visitenkarten von meiner Biker-Bar dabei, die ich auch gut verteile. Vor allem, wenn wir im näheren Umkreis unterwegs sind, ist dies die allerbeste Werbung für meinen Laden. 100, 200 km sind schnell mal runtergerissen und viele, die ich auf solchen Partys kennenlernte, habe ich auch tatsächlich irgendwann mal in der Bar zu Besuch gehabt. Viele auch öfter. Die freuen sich dann riesig, einen Anlaufpunkt für einen Ausflug zu haben.

Einige Biere habe ich schon getrunken: „Hmm, jetzt müsste ich mir mal langsam einen Whisky genehmigen", denke ich und schreite zur Tat. Bier ist zwar lecker, aber irgendwann muss auch mal was Ordentliches hinterher. Kaum habe ich einen Schluck vom Whisky genommen, bemerke ich ein paar Regentropfen an meinen Armen. Irgendwie läuft es in Zeitlupe ab. Es ist schon dunkel, deshalb kann man die Wolken nicht sehen, die sich über uns zusammenbrauen. Erst denke ich an irgendeine Flüssigkeit, die durch die Luft fliegt, weil jemand ein wenig zu aufgeregt mit seinem Getränk wedelt. Doch dann geht es los. Die Luft wirbelt kurz und kündigt das Unwetter an. Es pladdert Starkregen und ich schaffe es gerade ins Zelt, wo mein Sohn schon liegt. Der war eben schneller.

„Scheiße!", denke ich, während ich so im Zelt liege. „Lief doch alles bestens. So'n Wetter ist für Party echt 'ne Qual. Die beiden unbeliebten Clubs haben das verdient. Mögen allseits Wolken über ihnen hängen, aber uns mag es verschonen."

Am nächsten Morgen sammeln wir unsere Member und frühstücken auf dem Party-Gelände. Dann packen wir Gepäck und Zelte zusammen, schnallen alles auf die Harleys und donnern davon in Richtung Heimat. Wir steuern erst das Clubhaus an. Dort verabschieden wir uns und jeder geht seinen Weg.

Ich gehe noch mit meinem Sohn in die Biker-Bar zu Miriam und wir nehmen einen Drink. Miriam ist neugierig wie immer: „Na, was war los?"

„Allerhand", sage ich. „Wir haben die Rebel Dogs und den Luzifer MC verprügelt. Die hatten sich verbündet, um uns gemeinsam herauszufordern und dann auch noch verloren. Einige von ihnen mussten ins Krankenhaus. Ich hoffe, jetzt ist endlich Ruhe mit denen." Und dies sage ich nicht nur so, ich hoffe es wirklich. Die beiden Kindergarten-Vereine gehen mir nämlich langsam mächtig auf die Nerven.

Miriam hat ja immer Bedenken, wenn wir Männer aus dem Haus sind. Ich muss sie immer wieder beruhigen, wenn ich zu Hause angekommen bin. Das macht mir jedes Mal Freude. So auch diesmal. Sie weiß ja um die Probleme mit den beiden Clubs. Ich werde aber trotzdem mal wieder mit ihr eine größere Reise mit unseren Harleys unternehmen. Sie hält mir tapfer den Rücken frei und ich wüsste nicht, was ich ohne sie machen sollte.

Am besten plane ich eine Reise nach Italien. Nach Bassano, dem Land des Grappa, ein Schnaps, der es in sich hat. Und wir waren beide schon ewig nicht mehr dort unten. Mal sehen, nächstes Jahr im Juni für drei Wochen. Aber vorerst muss ich mich um die alte Panhead kümmern.

Ich habe jetzt die lackierten Teile abgeholt. Auch Motor und Getriebe sind fertig, alles in schwarz – toll! An diesem Ofen wird es keinen Chrom geben. So will ich es, alles mit Kunststoff mattschwarz beschichtet. In Chrom macht schließlich jeder. Das ist auf Dauer langweilig. Die Biker sollen sich die Augen reiben, wenn sie meinen neuen Ofen sehen. Und da muss man schon etwas bieten. Die alte Panhead wird etwas Besonderes. Im Winter werde ich alles wieder zusammenbauen. Nur die Elektrik mache ich nicht. Das wird Olaf, ein Bruder aus meinem MC, machen, der ist darin Spezialist.

Miriam ist nicht sonderlich begeistert, weil ich soviel Geld in den Ofen stecke. Das ist mein Hobby und meine Freude, das wollte ich schon immer tun. Wenn die Biker-Bar nicht so gut laufen würde, könnte ich nicht so schnell oder gar nicht die Panhead aufbauen. Aber ich versuche Miriam trotzdem zu überzeugen. Wenn die einmal fertig ist, hat sie viel mehr Wert, als ich an Kosten reingesteckt habe. Begeistert ist sie trotzdem nicht.

Ich bastelte den ganzen Winter lang an der Panhead. Jetzt ist es März und ich habe es fast geschafft. Jetzt muss Olaf noch die Elektrik montieren. Viel Arbeit hat er nicht, da die Panhead keinen E-Starter und keine Blinklichtanlage hat. Als Olaf fertig ist, montiere ich nur noch die Auspuffanlage, ein paar Kleinigkeiten und den Lenker an.

Mittlerweile ist es April und der Ofen ist endlich fertig. Mattschwarz, kein Chrom, Handschaltung mit Fußkupplung – das ist ein Ofen nach meinem Geschmack, einfach Klasse! Im Sommer, wenn ich mit meiner Frau vom Urlaub aus Italien zurückkomme, werde ich den TÜV machen und die Harley anmelden. Darauf freue ich mich jetzt schon.

Urlaub mit Frau

Aber jetzt muss ich mich erstmal um die Urlaubsplanung mit Miriam kümmern. Ich habe es ihr ja versprochen. Außerdem hat sie es verdient. Ich führe einige Telefonate mit einem italienischen Club, wegen der Unterkunft für 14 Tage. Mein Sohn muss noch eingewiesen werden. Die Angestellten führen den Laden sicher über ein chefloses Wochenende. Aber hier geht es um drei Wochen am Stück. Da müssen wir sicher sein, dass die Biker-Bar auch ohne uns weiter läuft. Er muss sich jetzt um alles kümmern, sonst könnten wir nicht verreisen.

Die Fahrt nach Italien, ebenso die Rückfahrt, werden wir mit zwei Übernachtungen vornehmen. Praktisch gesehen fahren wir jeden Tag 400 km, das ist nicht so anstrengend für uns. Ich selber nehme nicht so viel Gepäck mit, aber Miriam will fast den ganzen Haushalt mitnehmen. Ich glaube nicht, dass das gut geht. Sie wird bestimmt auf einige Sachen verzichten müssen, soviel kann man gar nicht auf einer Harley mitnehmen.

Der Tag der Abreise naht. Mein Sohn ist gut eingewiesen worden. Jetzt können wir ohne Bedenken in die weite Ferne fahren und mal so richtig entspannen. Nur noch einmal schlafen.

Wie oft, schlafen wir vor lauter Aufregung sehr unruhig. Früh um 6.00 Uhr klingelt der Wecker und ruckzuck sitzen wir am Frühstückstisch. Beim Frühstück versichert Danilo uns, dass er alles packen wird. Ich kenne ja meinen Sohn. Auf ihn kann ich mich verlassen. Ich habe also keinen Grund, seiner Versicherung nicht zu glauben.

So, jetzt noch den Kaffee ausschlürfen und das Gepäck anschnallen. Ich setze mich auf die Harley und hupe kurz. Miriam trödelt etwas. Wahrscheinlich sitzt ihr Zopf nicht richtig. So sind die Frauen, immer noch irgendwas zu richten. Endlich ist sie da, wir starten die Öfen und fahren mit leichtem Winken vom Hof.

So, jetzt ab nach Nürnberg, dort werden wir in einer Raststätte übernachten. Die Fahrt verläuft glatt, Wetter spielt auch mit, einfach Klasse!

Ich bemerke, dass Miriam richtig glücklich ist, endlich mal wieder auf der Harley zu sitzen, und den Fahrtwind im Gesicht zu spüren. Ich finde, das hat sie sich verdient.

Am nächsten Tag fahren wir nach dem Frühstück bis nach Kufstein in Österreich weiter. Dort bummeln wir, nach unserer Ankunft im Hotel, noch ein wenig durch die Gassen der alten Festungsstadt. Ein Kaufparadies für Ramsch. Ich kaufe eine Ansichtskarte und schicke sie zur Biker-Bar an unseren Sohn.

Am nächsten Tag fahren wir weiter, über den Brennerpass nach Italien bis nach Bassano, dem Land des Grappas. Dort werden wir schon erwartet. Wir kommen ja bei einem befreundeten Club im Clubhaus unter, können uns dort jedoch frei bewegen wie in jeder anderen Ferienunterkunft auch.

Es herrscht herrliches Wetter, 35 Grad im Schatten. Was will man mehr?

Am Abend gehen wir mit unseren Freunden in die Stadt und suchen eine Bar auf. Die Gastfreundlichkeit ist einfach einmalig. Wir werden gefahren, können also auch mal richtig einen trinken und brauchen nicht einmal zu bezahlen. Wir können das noch nicht einmal ablehnen, das käme einer Beleidigung gleich.

Drei Mal darf man raten, was wir am meisten tranken: Grappa – in allen Geschmacksrichtungen. Um Mitternacht werden wir zurückgebracht und fast ins Bett gelegt. Aber das können wir dann doch noch alleine, jedenfalls schaffen wir das irgendwie.

Am nächsten Tag suchen wir eine Wellness-Oase auf. Ich habe leichte Kopfschmerzen. „War wahrscheinlich ein Grappa zu viel", denke ich mit Galgenhumor. Wir bleiben fast den ganzen Tag. Etwas anderes ist kaum möglich. Und ich habe ja schon länger festgestellt, dass es mir guttut und wir so etwas viel zu selten machen.

Aber danach! Die nächsten vier Tagen sehen uns, wie wir mit den Harleys die ganze Gegend abklappern. Wir absolvieren auch einen Abstecher nach Vicenza und Padova. Jetzt fehlt nur noch Venedig. Und das wollen wir am sechsten Tag in Italien erledigen.

Ein Anruf von Danilo reißt uns aus unseren Plänen, mehr noch, er haut uns fast von den Socken. Danilo schildert, was passiert war: Es wären acht Rocker zu Besuch gewesen, die zu viel bei ihm getrunken hätten und dann auf Randale aus waren. Kurzum, die Biker-Bar sei vollständig verwüstet worden. „Der Schaden ist hoch", ergänzt er noch. Als Antwort rufe ich in das Handy, dass wir unseren Urlaub sofort abbrechen und mit dem Reisezug zurückkommen würden. „Wir sind in zwei Tagen bei dir. Erkundige dich, wer das war."

Danilo antwortet mit einem Seufzer: „Klar, mache ich."

Miriam fragt mich aufgeregt und voller Sorge, was passiert wäre. Ich gebe ihr die Geschichte von unserem Sohn wieder. Prompt muss sie sich auf einen Stuhl setzen. Sie starrt fast geistesabwesend in die Gegend und fragt schließlich verzweifelt: „Was machen wir jetzt?"

„Na ja, wir fahren mit dem Autozug nach Hamburg und den Rest mit unseren Bikes. Das ist meine Idee, wie wir es am schnellsten packen. Fliegen würde noch gehen. Bologna ist fast um die Ecke. Aber dann stehen unsere Maschinen hier. Und wir wissen nicht, wann wir dazu kommen, die wieder abzuholen. Natürlich könnten wir auch zurückfahren. Statt zwei Übernachtungen nur eine. Aber bei der ganzen Wut und Aufregung befürchte ich, würden wir es übertreiben und das ist zu risikoreich."

„Du hast recht", antwortet Miriam und damit ist klar, was wir tun werden.

Unsere Freunde klären das mit dem Autozug. Wir schlafen derweil noch eine Nacht in Bassano. Früh am Morgen geht es nach Trento, von dort fährt der Zug um 10.00 Uhr ab. Um 9.00 Uhr treffen wir ein und verstauen die Harleys im Zug. Dann geht es los, Richtung Hamburg. „Ist schon kurios", denke ich. „Bis ans andere Ende von Deutschland und dann wieder runter mit den Öfen. Warum gibt es nicht mehr Verbindungen?" Aber eigentlich weiß ich es ja. Wir Deutschen fahren lieber selbst.

In Hamburg angekommen, setzen wir uns auf die Harleys und ab nach Hause.

Als wir in den Morgenstunden ankommen, trauen wir unseren Augen nicht: Ich sehe als erstes das zerstörte Biker-Bar-Reklameschild. Die Leuchtstoffröhren liegen blank. Ich bin geschockt. Das ist oben am Haus montiert und selbst davor haben sie nicht halt gemacht. Mir graut es bei dem Gedanken, wie es dann erst wohl innen aussehen wird.

Danilo macht die Tür auf und begrüßt uns herzlich. Er sagt, ihm sei nichts geschehen, die Typen wären nur darauf aus gewesen, die Bar zu zerstören. Er hätte auch keine Chance gesehen, etwas dagegen zu unternehmen. Das hätte bei der Überzahl und den kräftig gebauten Typen auch nichts gebracht. Ein Einschreiten hätte mit Sicherheit einen Krankenhausaufenthalt nach sich gezogen und letztlich wäre es noch mild ausgegangen.

Ich frage ihn, ob er inzwischen weiß, wer das gewesen sei.

„Ja, die Polizei wurde ja eingeschaltet und hatte eine Stunde später bereits drei von ihnen festgenommen und die Personalien festgestellt."

„Okay, Jetzt muss nur noch unser Anwalt in Aktion treten. Wir brauchen die Adressen, damit wir uns die Anderen selbst schnappen können."

Ich rufe sofort den Anwalt an. Und dieser besorgt tatsächlich in kürzester Zeit die Namen und die Adressen der Inhaftierten. Jetzt muss ich nur abwarten, dass sie wieder auf freien Fuß kommen. Dann werde ich sie mir holen. Ich will unbedingt wissen, wer noch alles die Finger im Spiel hat.

Und wie es in unserem hübschen Land so schön üblich ist, muss man nicht lange warten. Im Nu waren sie wieder alle auf freiem Fuß. Ich holte mir einen nach dem anderen. Ich verdrosch sie alle.

Als ich mir den Letzten vorknöpfe, sprudelt es aus ihm heraus wie vom Fließband: Namen, Adressen und die Hintergründe, warum das geschah: „Wir sind vom Luzifer MC beauftragt worden. Es hieß: ‚Ihr zerstört die Bar. Und wehe, ihr packt es nicht. Und noch etwas: kein Ton über uns, wer euch den Auftrag gegeben hat. Wir wollen nicht damit in Verbindung gebracht werden. Sonst können wir es auch selbst.' Was sollten wir tun?"

Mir egal, miese Handlanger. Sollen sich von solchen Typen fernhalten oder den Arsch in der Hose haben, nein zu sagen. Gibt dann zwar Kloppe, aber so auch. Was glauben die eigentlich, wer ich bin, wer wir sind? In meinen Augen eine absolut feige Bande, der MC. Das kann ich nicht auf mir sitzen lassen. Die drei Handlanger bekommen ja ihre Verhandlung. Aber dieser Scheiss-Cub … da werde ich, da werden wir etwas unternehmen müssen. Das ist keine persönliche Sache, das war eine Aktion gegen unseren Club. Die werden uns nie wieder belästigen, dafür werden wir sorgen.

Ich rufe umgehend meine Brüder an und setze ein dringliches Clubtreffen an. Bei der Sitzung erkläre ich genau, was geschehen ist. Die meisten sagen, mit so was hätte man rechnen müssen nach der letzten Niederlage der Rebel Dogs und des Luzifer MC durch uns.

„Verdammt, ja", denke ich. Aber niemand hat es in Erwägung gezogen. Hinterher ist man immer schlauer. Bisher blieb es ja bei gelegentlichen Pöbeleien und damit verbundenen Schlägereien. Also nichts wirklich dramatisches. Übliches Business.

Auf einmal klingelt das Telefon. Es ist das von Sven, unserem President. Er geht raus. Offensichtlich hat er nur kurz geredet, denn nur wenig später ist er wieder da: „Leute, das war der President des Rebel Dogs MC. Er bedauert das Geschehene und will mit solcher Niedertracht nicht in Verbindung gebracht werden. Weiterhin meinte er, dass die Dogs so einen Scheiß nicht machen würden. Sie würden auch keinen weiteren Ärger mit uns haben wollen und sich vom Luzifer MC distanzieren. Na bitte, ein Problem weniger", fasst Sven zusammen.

Ich will jetzt aber wissen, was wir nun machen werden.

Sven überlegt kurz und beschließt dann: „Wir werden morgen zum Clubhaus des Luzifer MC gehen und es zerstören. Anders kann man die Sache nicht bereinigen."

„Okay! Machen wir einen Besuch bei diesem feigen Scheiß-Club."

Alle sind dafür. Wir haben alle genug von denen. Es reicht.

Am nächsten Tag, es ist ein Freitag, versammeln sich alle Member im Clubhaus. Und alle meint alle. Vollbesetzung! Wir reden nicht viel, fahren schweigend vom Hof direkt zum Clubhaus des Luzifer MC. Wir stürmen nach der Ankunft gleich in die Räume und zerstören alles. Wir benehmen uns wie die Vandalen, hemmungslos. Ungefähr zehn Member von ihnen sind anwesend. Pech für sie, falscher Tag, falsche Zeit, falscher Club. Sie sind überrascht, völlig unterlegen und bekommen, was sie nach unserer Meinung, brauchen: Ordentlich auf die Schnauze.

Sven nimmt sich deren President vor und sagt ihm, dass wir jetzt quitt sein und sie in Zukunft die Finger von uns lassen sollen. Außerdem vereinbart er ein Treffen in der darauffolgenden Woche, um genaue Optionen auszumachen. Es solle nie wieder soweit kommen, wie es jetzt der Fall gewesen wäre.

In der Zwischenzeit kümmert sich Miriam um die Renovierung der Biker-Bar. Die Schadenshöhe stellt die Versicherung fest. Es ist eine Summe im fünfstelligem Bereich. Wir müssen erst einmal die Renovierung vorstrecken. Dabei gehen fast unsere gesamten Ersparnisse drauf. Wir haben sie jetzt fast zum zweiten Mal aus dem Nichts heraus erschaffen. Ein paar Wochen später zahlt dann endlich auch die Versicherung an uns. Ein Glück, dass ich einige Versicherungen abgeschlossen hatte. Wir haben zwar gemerkt, dass wir es auch alleine hätten stemmen können, doch dann wären uns für die nächsten Jahre die Hände gebunden gewesen. Da wäre kein finanzieller Spielraum mehr gewesen und ein eventueller Notfall hätte uns dann ins Straucheln bringen können.

Außerdem ist es auch besser so, denn nun muss sich die Versicherung darum kümmern, das Geld von den Angeklagten zurückzuholen. Die haben da einfach bessere Möglichkeiten und Nerven. Wir wollen uns nicht wirklich mit Rechtsanwälten und Gerichtsterminen herumschlagen und vielleicht enttäuscht darüber sein, wie Richter die Dinge sehen und dann wieder einen Schritt weiter gehen müssen und erstmal Geld über Geld in die Rechtsverdreher investieren, um vielleicht am Ende das samt Schadenersatz zurückzubekommen – wenn es denn dann überhaupt vollstreckbar ist. Und wenn einem auf halber Strecke der finanzielle Atem ausgeht und man deswegen die Segel streichen muss, ist es noch ärgerlicher. Nee, so ist schon besser.

Die Bar ist mittlerweile wieder in gutem Zustand. Es wurden sogar einige Verbesserungen vorgenommen. Zum Beispiel haben wir eine große Bildleinwand im Partyraum einmontiert und noch so einige andere wichtige Sachen. Als wir die Bar ursprünglich gebaut haben, war „Public Viewing“ ja noch nicht so ein großes Thema gewesen. Doch gerade in letzter Zeit hätten viele gerne bei uns die ein oder andere Übertragung gesehen und wir konnten da nur mit den Schultern zucken.

Zum Glück bleiben uns die Gäste nicht aus. Wir mussten insgesamt nur zehn Tage schließen. Jetzt, nach der Neueröffnung, ist der Andrang groß.

Plötzlich bekomme ich Post vom Gericht. Ich öffne neugierig den Brief und wundere mich nicht. Ich habe insgeheim damit gerechnet. Einer der drei Randalierer wurde von mir so schwer verletzt, dass er ins Krankenhaus kam. Jetzt habe ich ein Verfahren am Hals, ohne dass er selbst mich angezeigt hätte. „Scheiße", denke ich. „Ein, zwei Schläge weniger hätten auch gereicht." Aber ich war so in Rage, dass es mir zu diesem Zeitpunkt gelinde gesagt völlig egal war. Nur totschlagen wollte ich niemanden.

Beim Gerichtstermin bekomme ich sechs Monate auf Bewährung. Außerdem soll ich 3.000 Euro Schmerzensgeld zahlen. Das Schmerzensgeld zahlt der Club für mich – aus Solidarität. Im Grunde genommen ist es ja auch eine Clubsache. Und eigentlich hätten wir uns die Kohle umgehend zurückholen müssen. Das Arschloch hat die Kohle nicht verdient und das was er bekommen hat, ist das, was er sich verdient hat. Aber wie weit wollen wir gehen?

Einige Zeit später sitzen Miriam, Danilo und ich bei einem Glas Wein am Abend zusammen. Ich überlege laut: „Die Sache haben wir doch gut hinbekommen, oder?"

Miriam geht darauf nicht ein und fragt stattdessen: „Wie steht es denn mit Venedig?"

Ich schaue sie an und sage ja. „Aber wir fahren nicht mit der Harley. Wir fliegen dahin. Dann sind wir bei einem neuen Problem schneller wieder Zuhause."

Wir schmunzeln alle drei.

Dann wirft Danilo ein, dass er nicht mehr alleine in der Bar zurückgelassen werden möchte. Recht hat er ja. Aber wenn wir mal verreisen wollen, muss einer von uns in der Bar bleiben. Dieses Risiko müssen wir eingehen. Sonst haben wir keine Freiheit mehr. Es muss eben immer gut organisiert sein. Und meistens haben ich und mein Sohn Miriam alleine gelassen. Ich frage also meinen Sohn, ob er dies okay finden würde. Schließlich würden wir in Sachen Club auch in Zukunft oft gemeinsam unterwegs sein. Er schaut betreten nach unten.

So, und nun werde ich mich mal um meine Panhead kümmern. Damit bin ich durch die ganze Sache arg in Verzug geraten. Ich mache erstmal den TÜV und melde sie an. Danach werde ich erstmal die Fußkupplung und Handschaltung üben. Das ist nicht so einfach wie es aussieht. Und auf die Straße mit dem Ofen, ohne dies richtig zu beherrschen …

Auf dem Hof der Biker-Bar beginne ich zu üben. Erst einmal die Panhead antreten, zweimal ohne Zündung, dann einmal treten mit Zündung – an. Klasse! Das hat geklappt, der Motor läuft. Jetzt den ersten Gang einlegen und die Fußkupplung langsam kommen lassen. Plötzlich ein Ruck und der Motor ist aus. „Na prima", denke ich, also alles nochmal von vorn. Aber was habe ich erwartet. Deswegen habe ich die Übungszeit ja angesetzt. Das Ganze mache ich fünf Mal. Dann habe ich endlich das Gefühl dafür. Jetzt kann ich mich auf die Straße trauen und eine kleine Tour versuchen. „Na bitte, klappt doch alles." Es ist nur reine Übungssache und Spaß macht es auch noch.

Miriam sieht aus dem Fenster und winkt mir zu. Sie ist begeistert, wie schnell ich das Fahren unter Kontrolle bekomme.

Mann, macht das Spaß! Es fährt sich einfach geil. Vollkommen anders als meine Heritage Softtail. Ich bin aber nicht mehr der Jüngste. Und so ein Starrrahmen geht schon ganz schön aufs Kreuz.

Zum Glück sind die alten Kopfsteinpflaster-Straßen durch Asphalt ersetzt worden. Ist bei uns in der Gegend auch noch gar nicht so lange her. So bekommt der Rücken nicht so viele Stöße ab.

Weite Strecken werde ich mir mit der Panhead aber nicht antun. Dafür habe ich meine andere Harley.

Mein Hobby ist ja jetzt arbeitsmäßig vollendet. Nun geht es in die nächste Stufe. Ich werde die Panhead ab und an ausstellen und hoffentlich den einen oder anderen Preis dafür bekommen. Dafür sind solche Oldtimer da. Das andere staunen und gucken, den Besitzer loben und dieser glücklich ist.

Tod meiner Frau

Morgen werde ich meiner Frau ein schönes Geschenk kaufen. Einen Tag später feiern wir dann unsere Silberne Hochzeit. Ich überlege hin und her und entscheide mich dann für neue und schönere Eheringe und eine Flasche Champagner.

Am Hochzeitstag stehe ich früh auf und schleiche leise aus dem Bett. Ich habe mir vorgenommen, als Überraschung das Frühstück vorzubereiten. Und genau das wird es: Eine Überraschung, denn es ist das erste Mal, deshalb wird sie ungläubig staunen und es kaum fassen können. Mein Sohn hilft mir dabei. Es ist schließlich nicht nur unser Hochzeitstag sondern auch ihr Geburtstag.

Als wir fertig sind, schicke ich Danilo nach oben, um Miriam zu wecken. Ich zünde gerade die Kerzen an, als Danilo kreidebleich heruntergeschlichen kommt. Ich schaue ihn mit großen Augen an und er kriegt kaum ein Ton heraus, als er beginnt: „Mama steht nicht auf und rührt sich nicht."

Jetzt höre ich das erste Mal deutlich mein Herz puckern. Ich bin wie erstarrt. Dann geht ein Ruck durch mich und ich stürme nach oben, um zu sehen, was da los ist. Ich stehe vor unserem Ehebett, starre sie an und rufe, nein brülle förmlich „Miriam, aufstehen!" Es rührt sich nichts. Ich schüttele sie. Sie bewegt sich nicht. Ich muss mich zusammenreißen und prüfe den Puls – da ist kein Pulsschlag mehr. Die Erkenntnis trifft mich wie ein Schlag: „Meine Frau ist tot." Dabei sollte es so ein schöner Tag werden.

Ich breche in Tränen aus. Als ich das letzte Mal weinte, war ich noch ein Kind. Ich stürze die Treppe runter und nehme meinen Sohn in die Arme. Ich klage immer wieder: „Sie ist tot."

Nachdem ich mich ein wenig beruhigt habe, rufe ich den Notarzt an. Der kommt auch gleich, kann aber nur feststellen, dass sie im Schlaf gestorben sei.

Ich muss mich wieder setzen und starre trübsinnig vor mich hin. Ich will das nicht glauben, ich kann es nicht glauben. Mir gehen so viele Dinge durch den Kopf, nein, sie rasen förmlich durch mich.

Mein Sohn öffnet derweil die Tür für die Leichenträger. Meine Frau wird in einen Blechsarg gelegt und im Leichenwagen zum Beerdigungsunternehmen gefahren.

Jetzt muss ich meinen klaren Verstand wieder einschalten. Am nächsten Tag habe ich wieder einen klaren Kopf, jedenfalls vorerst. Mein Sohn unterstützt mich dabei. Eigentlich unterstützen wir uns gegenseitig. Das Leben muss weitergehen. Wenn auch mit schwerem Herzen. Es war etwas anderes mit meinem Vater und auch mit den Brüdern aus dem Club oder den Eltern von Miriam. Auf die Wucht, mit der ich jetzt getroffen werde, bin ich nicht vorbereitet. Ich habe zum jetzigen Zeitpunkt ja nicht einmal auch nur eine solche Möglichkeit in Betracht gezogen.

Jetzt werde ich erstmal die Beerdigung vorbereiten, denn in sieben Tagen tritt sie ihren letzten Weg an. Begleitet wird sie von mehreren hundert Motorrädern. Sie war bekannt und beliebt in der Biker- und Rocker-Szene. Das wird ein Spektakel, welches den Leuten noch lange in Erinnerung bleiben wird. Sie wird so schnell nicht vergessen werden und wird noch lange in den Herzen vieler von uns weiterleben.

Am Tag der Bestattung kommen 600 Biker und Bikerinnen zum Bestattungsunternehmen. Es sind 15 km bis zur Kapelle des

Friedhofs zurückzulegen. Ich fahre mit meinem Sohn an der Spitze. Hinter uns der Leichenwagen mit Miriam. Dieser wird gefolgt von einem mehr als zwei km langen Tross aus Motorrädern, an deren Spitze mein MC fährt. In der Kapelle angekommen, redet kein Pfarrer, sondern nur mein Sohn und der President des Wild Mob MC.

Tränen stehen mir wieder in den Augen, als sie Teile ihres Lebens erzählen. Eigentlich sollte ich diesen Part übernehmen, aber ich fühle mich dazu nicht in der Lage.

Jetzt tragen mein Sohn, ich und vier weitere Mitglieder des Clubs den Sarg zur letzten Ruhestätte. Das lassen wir uns nicht nehmen, vor allem ich nicht. Wir lassen den mit Blumen geschmückten Sarg langsam in die Grabstätte runter und verabschieden uns ein letztes Mal von Miriam. Viele Kränze werden niedergelegt und jeder verabschiedet sich auf seine Art von meiner Frau. Bei den Massen, die gekommen sind, stehen wir eine halbe Ewigkeit, bis alle ihr die letzte Ehre erwiesen und uns ihre Anteilnahme ausgesprochen haben. Hier ist mehr los als auf einem Promi-Begräbnis. Weder der Friedhof noch der Ort haben jemals solch' Auflauf erlebt. Und schon nach kurzer Zeit weiß niemand mehr, wohin mit all den Kränzen und Blumen. Viele der über 600 stecken uns auch Gutscheine zu. Die Blumen für die nächsten Wochen und Monate sind gesichert. Wenn alle Gestecke mitgebracht hätten, hätten wir den ganzen Friedhof in ein Blumenmeer verwandeln können.

Es ist für mich und meinen Sohn der schwerste Tag in unserem Leben. Trotzdem laden wir noch alle Beteiligten zu einem Umtrunk in die Biker-Bar ein. Das muss einfach sein, denn sie wollte es so. Sie sagte immer zu mir: „Man soll nie zu lange trauern. Das Leben muss weitergehen, auch nach einem schweren Verlust." Die meisten kommen auf einen Drink und Snack, dann fahren sie wieder. Bis auf einige vom Wild Mob MC. Passen wohl auf uns auf.

Danilo und ich trinken einige Drinks, bis schließlich alle weg sind, auch unsere Brüder. Dann schließen wir die Biker-Bar für heute. Wir setzen uns beide an einen Tisch mit einem Whisky vor uns und überlegen, wie es jetzt weitergehen soll. Sie war zwar meine Frau, aber gleichzeitig auch eine Arbeitskraft.

Ich sage also: „Wir müssen dringend eine neue Bedienung einstellen. Wir haben zwar zwei, aber wir brauchen drei."

„Ich habe eine gute Freundin, die gerne hier arbeiten würde."

„Na ja, dann her damit."

„Kann ich gleich mal fragen."

„Gut, dann werde ich mich um den Grabstein kümmern und wenn der steht, werden wir ein Wochenende mit den Harleys wegfahren, um auf andere Gedanken zu kommen. Bis dahin wird sich die neue Kraft in der Biker-Bar auch eingearbeitet haben. Diese Bar müssen wir auf alle Fälle erhalten. Sie ist das Erbe meiner Frau und unser finanzielles Rückgrat."

Danilo ist meiner Meinung. Die Bar wird sicher auch einmal seine Zukunft sein. Wir dürfen nicht die Köpfe hängen lassen und alles aufgeben. Das würde Miriam nicht dulden.

Jetzt sind schon sechs Monate vergangen. Der Grabstein steht. Mein Leben hat sich stabilisiert und der Wochenendausflug mit Danilo liegt auch hinter mir. Er sagte mir auch schon, ich solle nicht verkümmern und mir eine Freundin suchen, bevor ich zu alt sei. Ich sagte: „Dankeschön, das muss ich selber entscheiden."

Aber im Stillen gab ich ihm Recht, denn Miriam hätte das auch gewollt. Ich darf nicht an der Vergangenheit kleben bleiben. Nehme ich meinen Verstand zusammen und beurteile mich, dann erkenne ich mich kaum wieder. Und so will ich also meine Zukunft gestalten.

Eines Tages fahre ich mit meiner Harley die Landstraße entlang. Da sehe ich am Straßenrand eine schwarze Harley stehen. Ich fahre langsam hin und halte an, um zu sehen was los ist. Vielleicht braucht jemand meine grandiose Hilfe. Tatsächlich hockt hinter der Harley eine entzückende Person. Sie steht auf und sagt: „Hallo, hast du Kerzen dabei?"

Ich sage grinsend: „Na klar doch."

Ich kann es nicht lassen zu erwähnen, dass jeder Kerzen dabei haben sollte.

Sie lächelt mich an und meint spitz: „Hätte ich welche dabei, bräuchte ich deine Hilfe nicht."

„Mann!", durchzuckt es meinen Kopf. „Jetzt hat sie es dir aber gegeben."

Zum Glück habe ich die passenden Kerzen. Sie fährt eine EWO, da sind die Kerzen die gleichen wie bei mir. Ich gebe ihr die Kerzen und sehe zu, wie sie sie austauscht. Sie startet den Motor und er läuft sauber.

„Na bitte, klappt doch", sage ich.

Jetzt kann sie ihre Fahrt beruhigt fortsetzen. Sie bedankt sich bei mir und ich lade sie zu einer Party im Clubhaus des Wild Mob MC ein.

„Okay, ich kenne das Clubhaus und war dort schon öfter auf Partys dabei."

Ich überlege angestrengt, ob ich sie dort schon gesehen habe, aber es fällt mir beim besten Willen nichts ein. Aber das behalte ich lieber für mich.

Ich verabschiede mich und rufe ihr noch hinterher: „Bis zur Party. Bye, bye!"

Ich fahre nach Hause und erzähle meinem Sohn die Story. Dieser grinst und meint: „Na bitte, jetzt fängst du wieder an zu leben. Es wurde auch Zeit. Kummer besiegt man mit Freude und Abwechslung." Dann fragt er mich nach ihrem Namen.

„Mann, das habe ich in der Eile völlig vergessen zu fragen! Aber ich hoffe, dass sie zur Clubhaus-Party kommt."

„Du bist schon einer. Also hast du dir auch keine Nummer geben lassen?"

Was sollte ich darauf antworten? Mit dem letzten Satz hatte ich so ziemlich jede weitere Frage beantwortet. Ich schüttele den Kopf und Danilo seinen.

Es ist Freitagabend und ich fahre mit Danilo zur Party ins Clubhaus. Auf dem Gelände stehen schon reichlich Motorräder und Autos. Wir machen alle zwei Monate eine Party und darauf freuen sich viele Gäste, denn diese Partys sind in der Szene angesagt. Ich hoffe auf eine stimmungsvolle Nacht.

Als ich zum Tresen gehe, seh' ich sie schon von weitem lächeln. Wir begrüßen uns und ich frage sofort nach ihrem Namen.

„Sag einfach Susi zu mir, und wie heißt du?"

„Man nennt mich Wolle und mein Verfolger ist mein Sohn Danilo."

„Oh, dann bist du in einer festen Beziehung."

„Nein, nicht mehr. Bis das der Tod euch scheidet – Meine Frau Miriam ist vor sieben Monaten gestorben und ich habe noch keine neue Beziehung angefangen."

Ich sage ihr auch noch, dass ich nicht weiter darüber sprechen wolle, sondern Party machen. Sie hat Verständnis.

„Okay, was möchtest du trinken. Das bin ich dir für die Pannenhilfe schuldig."

Sie bestellt zwei Whisky und wir trinken sie genüsslich weg. Wir kommen darüber in ein Dauergespräch und in kürzester Zeit kenne ich ihren Lebenslauf.

Meine neue Liebe

Eigentlich passt Susi ganz gut zu mir. Sie ist knapp an die Vierzig, also rund zehn Jahre jünger als ich. Ich selber gebe aber nicht allzu viel von mir preis. Das kann man im Laufe der Zeit nachholen. Ich lasse sie mehr reden. So bekomme ich mit, dass sie gerne eine Beziehung eingehen würde, aber bisher nicht unbedingt fündig geworden wäre. Wir trinken die ganze Nacht und am frühen Morgen nehme ich sie mit zu mir. So hatte ich es mir erhofft. Ich habe also nichts nach dem erlebten Schock verlernt. Gut zu wissen.

Nachdem wir ausgeschlafen haben, biete ich ihr an, zu mir zu ziehen. Ich ergänze noch, sie solle es nicht überstürzen, aber es wäre schön.

Susi antwortet schlicht: „Lass es uns langsam angehen."

„Okay", sage ich und schaue ihr hinterher, wie sie erst einmal nach Hause fährt.

Später kommt Danilo zu mir und will wissen, ob es bei uns was Festes werden könne.

„Ich denke schon", antworte ich.

„Na prima!" sagt er zu mir, und damit ist für ihn die Angelegenheit erst einmal erledigt.

Mann, das ist ja unglaublich! Wir werden am Wochenende mit dem Club zum Strand fahren und darauf einen trinken. Nach so langer Zeit endlich eine gute Nachricht. Ein Leben geht, ein Leben kommt. So ist das Leben.

Samstagmorgen machen wir unsere Öfen fertig und fahren komplett zum Club: mein Sohn, seine Verlobte, Susi und ich. Diese Strand-Party an einem kleinen See ist für alle Member, dessen Frauen und Kindern geplant. So etwas machen wir zwei bis drei Mal im Jahr. Wie eben gerade Zeit ist und das Wetter mitspielt.

Am Clubhaus angekommen warten schon alle auf uns, denn wir sind wieder mal die Letzten. Der Transporter ist schon mit Getränken und Gepäck beladen worden und wir können sofort weiterfahren. Das Wetter spielt auch mit, sonst hätten wir die Party verschoben.

Es bewegen sich ungefähr 40 Harleys langsam vorwärts. Eine schöne Kolonne ist das, und wieder spüre ich den Wind im Gesicht. Habe ich eine Weile vermisst, auch weil ich mich zu sehr selbst weggesperrt hatte. Aber endlich habe ich wieder Frieden im Herzen. Ich kann mich jetzt wieder mehr ums Motorradfahren kümmern und meiner neuen Freundin die Welt zeigen. Na ja, ich meine die kleine Welt.

Bis zum See sind es 60 km. Keine große Entfernung. Wir benötigen auch nicht viel Zeit, obwohl wir eher gemächlich dahinschleichen. Am Strand steht schon das Hauptzelt mit der Bestuhlung. Unsere Prospects haben für die Strand-Party hart arbeiten müssen.

Erst mal baue ich mein Zelt auf. Die Anderen tun es mir nach und dann gleich ab ins Wasser. Einfach herrlich! Danach creme ich Susi ein und sie mich. Obwohl das bei mir eigentlich nicht nötig wäre. Als alter Dachdecker werde ich immer schnell braun, ohne Sonnenbrand zu bekommen.

Die Party wird noch mit Musik vom Feinsten untermalt. Wir haben ja schließlich auch an das Stromaggregat gedacht. Mit dem Trinken halte ich mich allerdings etwas zurück, denn die Sonne kann unangenehm werden, wenn man zu viel Alkohol tankt.

Ich amüsiere mich dennoch köstlich. Mit Susi verstehe ich mich voll und ganz. Noch am Abend sagt sie mir dann, dass sie gerne zu mir ziehen würde. Darüber freue ich mich und ich hoffe, dass sie am Morgen auch noch der Meinung sein würde. Langsam ist Schlafenszeit gekommen. Wir kuscheln uns im Zelt ein und schlafen vorzüglich.

Am nächsten Morgen sieht der Strand wüst aus. „Au waia", denke ich. „Da haben wir ganz schön gehaust." Jeder von uns macht seinen Lagerplatz sauber. Den Rest müssen die Prospects säubern. Wir sind schließlich keine Vandalen und lassen den Dreck einfach liegen. Nein! Das machen wir nicht. Wir wollen des öfteren dort Partys abhalten und keinen Ärger mit dem Amt bekommen. Außerdem wollen wir auch nicht auf einer Müllkippe feiern. Wir erwarten ja ebenfalls, alles sauber vorzufinden.

Als alles sauber ist, starten wir unsere Harleys und fahren zum Clubhaus zurück. Ich fahre ohne Aufenthalt gleich mit Danilo und Susi nach Haus.

Dort angekommen, erzählt Susi mir, dass sie jahrelang in Tattoo-Studios gearbeitet hätte. Ich wurde hellhörig. Das hatte sie bisher noch nicht erwähnt. Aber ich hatte auch nicht gefragt. Beim letzten Studio musste sie aufhören, weil der Laden verkauft wurde und der neue Besitzer seine Angestellten selber mitbrachte. Da zieht doch gleich eine coole Geschäftsidee durch meinen Schädel.

„Sag mal Susi, hast du noch Lust auf Tattoos?"

„Warum nicht. Aber warum willst du das wissen? An was denkst du?"

Ich antworte nicht, stehe auf, nehme sie an die Hand und zeige ihr einen Raum, der ausreichend für ein kleines Tattoo-Studio in Verbindung mit der Biker-Bar wäre.

Erst jetzt antworte ich: „Mensch, Susi! Hier kannst du deine Künste zeigen. Wir bauen den Raum um. Er wird gefliest und die Einrichtung besorgen wir gemeinsam."

„Mann, Wolle, das wäre Klasse! Ich habe in meiner Wohnung meine ganze Tattoo-Ausstattung noch rumliegen."

Sie strahlt über das ganze Gesicht. Wir gehen ins Schlafzimmer, reißen uns die Klamotten vom Leibe. Es ist hart und romantisch.

Mann, was willst du mehr? Einfach wieder alles perfekt.

Am nächsten Morgen planen wir den Umzug. Wenn der erledigt ist, geht es los mit der Einrichtung des Tattoo-Studios. Mein Sohn bietet mir natürlich gleich Hilfe an. Ich sage ihm, er solle zu morgen ein paar Jungs vom Club anrufen. Die können ja mit anfassen, dann sind wir schneller fertig. Ich bin sicher, das reicht. Kein Mammut-Umzug wie damals, als ich mit meiner Frau hier eingezogen bin.

Am nächsten Tag steht der Club-Transporter vor der Tür. Dazu ein paar Member, die bereit sind zu helfen. Es geht ja nur um die größeren Möbelstücke und ein paar Kisten. Das Kleinere können wir im Laufe der Woche alleine bewältigen.

Der Tattoo-Raum hat 21 m^2. In zwei Wochen kommt ein Fliesenleger, der den Boden mit großen Fliesen auslegt. Bei der Arbeitsbank werden Teile der Wand mit kleineren Fliesen verziert. Wenn das fertig ist, werde ich den Raum noch mit einem Anstrich versehen und mit heller Beleuchtung ausstatten.

Na bitte, jetzt sind drei Wochen vergangen und alles ist fertig. Susi wohnt jetzt bei mir und das Tattoo-Studio ist fertig eingerichtet. Morgen kommt das dafür vorgesehene Reklameschild. Dieses wird genau neben der Biker-Bar-Reklame angebracht.

Am nächsten Morgen wird die Reklame pünktlich geliefert. Danilo und ich bringen sie gleich an. Voll Freude rufe ich: „Kommt! Susi und Danilo, wir gehen jetzt über die Bundesstraße und werden das Ganze mit einem Gläschen Sekt begießen und fotografieren."

Als wir so da stehen und alles betrachten, sind wir alle Drei glücklich. Wir lassen die Flasche ordentlich knallen, trinken den Sekt und machen einige Fotos für die Werbung. Werbung muss sein, das ist das A und O für ein gutes Geschäft. Internet-Auftritt, Flyer, Anzeigen in einschlägigen Magazinen, vielleicht ein paar Poster. Mal sehen.

Am darauffolgenden Samstag feiern wir die Eröffnung des Tattoo-Studios. Eine Menge Leute kommen. Nicht nur Biker, einfach alle, die sich für Tattoos interessieren. Zur großen Freude von Susi sind auch einige ihrer alten Kunden dabei, die ihr zu dem neuen Studio gratulieren.

Nach einem Jahr hat sich das Studio so gut eingespielt, dass Susi für fast sechs Monate ausgebucht ist. Unglaublich! Wieder eine Geldquelle entdeckt, so muss das sein. Eine Biker-Bar mit kleiner Pension und Tattoo-Studio ist einfach einmalig. Davon habe ich noch nie gehört und unsere Kunden bestätigen es immer wieder. Gibt es nicht – außer bei uns.

Susi hatte in den letzten Monaten immer viel zu tun. Ich muss mir mit ihr mal ordentlich den Wind um die Nase wehen lassen.

Zwar waren wir an Wochenenden öfter Mal mit den Harleys unterwegs, aber eben nichts Großes. Ich werde mir mal was einfallen lassen. Es wird Zeit, mal eine ganze Woche zu entspannen. Mein Sohn und dessen Freundin können die Bar schmeißen und das Studio macht einfach eine Woche dicht. Außerdem haben wir fürs Wochenende immer zwei zusätzliche Arbeitskräfte.

Bevor ich die Fahrt mit Susi unternehme, gehe ich nochmal an das Grab meiner Frau Miriam. Das mache ich mindestens einmal im Monat. Die Bepflanzung muss immer in Stand gehalten werden, und jedes Mal lege ich frische Blumen auf das Grab. Diese Frau habe ich über alles geliebt. Deswegen habe ich wohl auch meine Einstellung zu Friedhofsbesuchen geändert. Trotz der neuen Beziehung, vermisse ich sie sehr. Susi hat dafür volles Verständnis und kommt damit auch klar. So sollte es auch sein.

Jetzt geht es aber los. Eine Woche an die Ostsee mit Susi, die Erholung brauchen wir beide. Samstag ist ein wunderschöner Sonnentag für eine 300-km-Tour bis zum Timmendorfer Strand an der Lübecker Bucht. Mitgenommen wird nur ein wenig Werkzeug, falls mal ein Ofen ausfällt und eine dicke Brieftasche. Die braucht man, wenn man einen guten Urlaub erleben will. Kann ich nicht oft genug betonen.

Wir setzen uns auf unsere Harleys, starten und ab geht's. Danilo wünscht uns eine erholsame Woche am Strand und winkt uns noch nach. Der warme Wind fegt über unsere Gesichter, was ich auch bei 35 Grad erwarte. Eigentlich ist es schon fast zu heiß. Wir fahren aber nicht lange. Die erste Tankstelle ist sofort unsere: Volltanken und den Reifendruck kontrollieren. Kurze Pause, ein Eis gelutscht und weiter geht es. Der Wind ist ein wenig kräftiger geworden, sehr angenehm. Und nun ziehen auch Wolken auf. Bei deren Anblick denke ich: „Na, soll etwa noch Regen im Anmarsch sein?“ Der Wetterbericht sagte darüber nichts aus. Sonst wären wir einfach einige Tage später gefahren. Zum Glück strahlt so die Sonne nicht mehr so aufs Gesicht, da immer wieder Wolken der Sonne die Kraft nehmen. Nach zweimaligem Anhalten auf Raststätten kommen wir am Ziel an. Wir checken im Hotel ein und nehmen erstmal einen Drink an der Hotelbar. Und wieder diese Gaffer. Die Leute im Hotel sehen uns mit nachdenklichen Gesichtern an. Hier ist die Klientel in der Regel etwas älter, gediegener. Und wir sehen halt anders aus als sie: Schwarze Lederklamotten, voll tätowiert und dann habe ich auch noch die Clubweste an – was braucht man mehr, um die Leute zu verunsichern? Uns ist es egal. Sie müssen sich ja nicht mit uns abgeben. Und wir nicht mit ihnen. Wir amüsieren uns einige Stunden an der Hotelbar. Heute haben wir noch keine Lust auf Strand.

Dafür am nächsten Morgen. Es geht gleich zum Strand. Die Sonne strahlt wieder voller Kraft. Wir tummeln uns im Wasser, gehen wieder an Land und cremen uns gegenseitig mit Sonnenöl ein. Ab und an kommen wir bei unserem Tun auf andere Gedanken, die uns dann sofort ins Hotelzimmer treiben. Das ist herrlich und so vergehen einige Tage.

Einen Tag vor unserer Abreise fahren wir dann doch noch nach Lübeck in die Altstadt. Susi will unbedingt dorthin und ich erfülle ihr den Gefallen. Wir bummeln durch die Stadt und Susi kauft ein paar Andenken. Das sind Artikel, die in der Wohnung einstauben und irgendwann entsorgt werden müssen. Einer Frau kann man so etwas aber nicht ausreden. Das ist sinnlos. Und warum soll ich es bei Susi versuchen, wenn ich es auch bei Miriam nicht versucht hatte?

Am letzten Tag checken wir im Hotel aus. Ich bezahle als „Glücklicher“ die Rechnung. Dann fahren wir mit unseren Harleys wieder Richtung Heimat. So, und einen guten Eindruck haben wir auch hinterlassen. Nichts von wegen böse Rocker. Auch wenn wohl so manch einer drei Kreuze macht, dass wir weg sind. Aber so ist es immer. Und wen das stört, der soll keiner von uns werden.

Auf jeden Fall war das eine gelungene Woche Urlaub. Als wir auf unser Gelände fahren, begrüßen uns Danilo und seine Freundin Ute. Wir bringen die Harleys gleich in die Garage und gehen ins Haus.

„Na, wie war der Urlaub“, will Danilo wissen.

„Na einmalig! Wetter super, Wasser warm und wie du siehst sind wir braun geworden.“

„Na, das freut mich“, sagt er.

Und wir grinsen alle.

Ein neues Clubhaus

Morgen kommt unser President Sven mit ein paar Membern vorbei. Wir wollen uns ein neues Clubgelände ansehen. Es ist rund 30.000 m^2 groß, mit einigen Gebäuden darauf.

„Okay, mein Sohn" sage ich. „Wir sehen uns dann morgen. Ich werde mit Susi schlafen gehen, wir sind ein wenig müde."

„Okay", sagt er und grinst mich an.

Was er wohl wieder denkt?

Am nächsten Morgen sitzen wir am Frühstückstisch und trinken einen von Ute gekochten Kaffee. Der kann glatt Tote erwecken.

Da höre ich Harleys anrauschen. Sven und einige meiner Clubbrüder trudeln ein. Sie nehmen auch noch einen Kaffee zu sich, und meinen, der wäre nicht von schlechten Eltern. „Wow!", denke ich. „Die sind hart."

Sven erklärt mir derweil, wo wir hinfahren und meint, das könne was Einmaliges sein. So ein Gelände würden wir schon seit Jahren suchen. Und das jeder andere davon träumen würde.

„Es ist nicht so weit von hier entfernt", sagt Sven. „Vielleicht 15 km. Deswegen sammeln wir dich auch hier ein."

„Na gut", sage ich. „Dann lass uns aufbrechen." Bei mir denke ich aber: „15 km, dann sollte ich es doch eigentlich kennen." Aber mir fällt trotz anstrengendem Nachdenken nicht ein, um welches Grundstück es sich handeln könnte.

Die Frauen räumen alles ab und wir fahren los.

Als wir ankommen, bin ich erstaunt. Ein mächtiges Gebäude mit riesigen Säulen im Eingangsbereich erwartet uns einladend. „Was für ein kolossaler Anblick", schießt es mir durch den Kopf. Und weiterhin, dass ich irgendwas in meiner direkten Nachbarschaft bisher völlig ignoriert hatte. Ich kenne dieses herrschaftliche Anwesen wirklich nicht.

Wir klingeln und ein älterer Mann öffnet die Tür. Man hat uns schon erwartet. Der Termin war mit Sven vereinbart. Als wir eintreten stehen wir in einer großen Halle. Rechts und links gehen Flure ab und Treppen hoch. Wir sind mit sieben Mann vor Ort und alle sind sprachlos und reißen vor Staunen die Münder auf. So etwas hat niemand von uns in seinen kühnsten Träumen erwartet.

Sven redet mit dem Mann, den er Kurt nennt. Ich glaube, die kennen sich. Was für ein Glück für uns.

Wir besichtigen das Haupthaus und sind davon überzeugt, dass das Einiges kosten wird und unsere Möglichkeiten bei weitem überschreitet. Dann wird eine größere Tür geöffnet, die ins Freie führt. Wir treten hinaus und der Schlag trifft uns erneut. Wieder Sprachlosigkeit: Ein riesiges Gelände breitet sich vor der Tür aus soweit das Auge reicht und ganz hinten, quasi als Abschluss, lächelt uns ein kleiner See entgegen. Rechts und links liegen noch mehrere Nebengebäude. Die sehen bis auf die Dächer sehr eindrucksvoll aus.

Ich reiße mich zusammen und werde nüchtern beim Denken: „Die Dächer sind kein Problem, davon habe ich Ahnung. Das Gelände ist nur drei Kilometer vom nächsten Ort entfernt. Sehr günstig gelegen. Und trotzdem würden wir als Club und bei Partys niemanden stören. Es spricht also alles dafür. Wenn nicht der pure Luxus hier herrschen würde. Das werden wir uns nie leisten können." Ich bin jedoch neugierig und schlängel mich an Sven ran. Möglichst unbeeindruckt frage ich beiläufig: „Alles schön und gut, Sven. Aber was soll der Spaß eigentlich kosten?"

„Sonderpreis! 250.000 Euro. Es werden 150.000 Euro Anzahlung erwartet und der Rest in Raten auf zehn Jahre verteilt.“

Ich bin im ersten Augenblick sprachlos und nicke nur. „Das kann nicht sein“, denke ich. Wer verkauft so ein Anwesen weit unter Preis?“ Zu Sven gewendet sage ich allerdings: „200.000 Euro können gleich bezahlt werden. Der Club hat ein Barvermögen von 300.000 Euro. Wir brauchen noch etwas Geld um Einiges zu erneuern und nach unseren Vorstellungen einzurichten. Wenn die ersten Partys anlaufen, nehmen wir ja wieder Geld ein. Rein theoretisch können wir dann die Zeit der Restzahlung auch auf fünf Jahre verkürzen, da ja dann nur die Hälfte noch offen wäre.“ Das ist der Schatzmeister in mir.

„100 sind vielleicht ein bißchen wenig für den Ausbau und als Reserve.“

„Mach dir keine Sorgen, dass Kriegen wir hin. Aber Sven, müssen wir nicht den Club entscheiden lassen?“ Nun ist der Schatzmeister in mir verschwunden und der Member kommt raus.

„Wieso? Frag die Anwesenden, ob jemand etwas dagegen hat. Wenn nicht, wird der Rest ebenfalls begeistert sein. Die Clubführung entscheidet.“

Alle sieben Member, die vor Ort sind, wollen dieses Anwesen unbedingt erwerben. Sie sind alle baff von den überaus günstigen Konditionen und niemand will zögern, damit dieses einmalige Angebot uns nicht vielleicht doch noch durch die Lappen geht.

Also machen wir den Vertrag gleich fertig. Sven kannte das Gelände schon und auch den Verkäufer. Er ahnte, nein er wusste, dass wir alle dafür sein werden und hatte schon vorher bei dem

Hausherrn zwei Flaschen Sekt organisiert. Wir lassen die Korken nach der Unterschrift knallen und trinken den Sekt gleich aus den Flaschen.

Jetzt muss ich in den nächsten Tagen das Geld überweisen und am nächsten Monatsersten können wir mit der Arbeit beginnen. Wie aufregend. Jetzt sind wir auch noch Gutsbesitzer. Wir verabschieden uns von Kurt, starten die Harleys und fahren davon.

Beim Fahren jubeln wir noch eine Weile bis wir einen Knall hören. Mein Passmann, der neben mir fährt, überschlägt sich und landet im Graben am Straßenrand. Es ist Sven. Wir halten an und schauen nach ihm. Im ersten Moment denke ich, dass einer seiner Reifen geplatzt ist. Aber nein, die Reifen am Ofen sehen in Ordnung aus.

Jetzt sind wir bei Sven und schauen auf ihn. Erstarrung bei uns. „Was für eine Scheiße!“, brüllt meine innere Stimme durch meinen Kopf, als ich es sehe.

Sven liegt mit dem Rücken auf dem Boden. So ist deutlich zu sehen, dass er aus einer Brustwunde blutet. Der Knall war ein Schuss. Sven ist tot. Wir sind entsetzt, entrüstet, springen in Deckung und beobachten sorgenvoll die trostlose Gegend. Es ist aber niemand zu sehen oder zu hören. Ich frage mich: „Jagdunfall, Spielerei oder gezielter Angriff? Und galt der Angriff Sven oder war es dem Täter egal, wen er von uns erwischen würde?“

Wir liegen immer noch im Graben. Nachgrübeln und beobachten bringt nichts. Mit dem Handy ruft einer der Sieben die Polizei und den Krankenwagen. Natürlich dauert das eine Weile. Wir liegen da und reden kaum ein Wort, bis einer meiner Brüder förmlich brüllt: „Warum?“

Wir schauen uns an, aber keiner weiß eine Antwort auf diese Frage.

Als die Polizei und der Krankenwagen eintreffen, stehen wir alle geschlossen vor unserem toten President am Graben. Der Arzt kann nur den Tod feststellen und sagt der Polizei, dass der Tote einen Einschuss in der Brust habe. Super, das wissen wir auch. Aber was haben wir auch anderes erwartet. Letztlich eine offizielle Feststellung für die Akten.

Sie nehmen Sven und fahren mit ihm zur Pathologie, um die Leiche zu untersuchen. Sie wollen wissen, wie er gestorben sei. Ich denke: „Na wie wohl, wenn er eine Kugel in der Brust hat?“ Aber auch das ist wohl Usus, wenn ein Verbrechen geschehen ist. Mal sehen, was sie herausfinden werden.

Die Polizei befragt uns kurz und schreibt von allen die Personalien auf. Viel zu erzählen haben wir ja nicht. Der Oberbulle sagt dann nur noch, dass wir in den nächsten Tagen die Aussagen schriftlich auf dem Revier machen müssen.

„Alles klar, wir kommen morgen vorbei. Vielleicht wisst ihr dann schon etwas Genaueres“, sage ich und hoffe, dass sie wirklich etwas wissen. Ich weiß nicht, ob sie jetzt sofort die Gegend absuchen werden, ob sie etwas finden werden und ob Sven sofort ausgeschlachtet werden wird. Aber ich stehe unter Strom. Ich kann nicht warten, bis man uns freiwillig etwas erzählt.

Wir setzen uns auf unsere Öfen und fahren ins Clubhaus. Svens Ofen nimmt die Polizei zur Untersuchung mit. Im Clubhaus angekommen, warten schon die anderen Brüder vom Club. Sven hatte alle zum Club bestellt, um die Sache mit dem neuen Gelände zu verkünden und zu feiern. Dementsprechend hoch ist die Erwartungshaltung und alle sind aufgeregt und neugierig.

Sie überfallen uns sofort mit Fragen.

„Ruhe“, brülle ich. „Sven ist auf dem Rückweg erschossen worden.“

Es herrscht augenblicklich Ruhe. Alle sind geschockt. Die hoffnungsvolle Erwartung und gelöste Stimmung ist innerhalb eines Bruchteils einer Sekunde auf Begräbnisniveau gesunken. Es dauert einen kurzen Augenblick, dann überhäuft man uns wieder mit Fragen über Fragen. Leider wissen wir die meisten nicht zu beantworten. Es steht immer noch im Raum: „Warum?“

Auf einmal meldet sich jemand zu Wort: „Ich glaube, dass waren die Russen. Mit denen hatte Sven öfter mal zu tun. Sven hat nie darüber geredet, also weiß ich nicht, um was es dabei ging. Und ich glaube auch nicht, dass wesentlich mehr aus unserem Club darüber Bescheid wissen.“

Mir egal, wer dafür Verantwortlich ist. So nicht, nicht mit uns. Ich frage gleich nach, ob jemand wisse, wie wir an diese Jungs herankommen können. Die Antworten sind dürftig.

Ich rufe in die Menge: „Bitte, forscht nach, wo man diese Russen antreffen kann. Wir werden mit ihnen reden und dann bestimmt erfahren, ob diese Typen dahinterstecken. Wenn ja, hatten sie einen Grund und den wollen wir wissen. Den Rest entscheiden wir danach.“

Ich nehme bei dieser Gelegenheit gleich die komplette Wortführung an mich: „Wir haben noch mehr zu erledigen. Wenn der Leichnam freigegeben wird, werden wir eine entsprechende Beerdigung organisieren. Es soll die größte Sache werden, die wir je aufgezogen haben. Niemand soll je diese Beerdigung vergessen. Das sind wir Sven schuldig.“

„So soll es sein“, tönt die Masse.

Dann löst sich unsere kleine Versammlung auf.

Ich fahre nach Hause und berichte Susi von den Geschehnissen.

„Das darf doch nicht wahr sein“, schüttelt sie ungläubig den Kopf. „Hoffentlich bekommt ihr den Mörder vor der Polizei.“

„Wir bemühen uns. Ist aber wie die Suche nach der Nadel im Heuhaufen: Fast aussichtslos. Wir haben bisher ja nicht einmal einen wirklichen Ansatzpunkt.“

Nach acht Tagen bekommen wir die Nachricht, dass der Leichnam freigegeben ist. Todesursache: erschossen mit einem Gewehr. Der Schütze war rechts der Straße positioniert und nutzte die Reichweite des Gewehres ziemlich gut aus. Wir hatten somit keine Chance, irgendwen zu sehen oder -hören. Gleichzeitig wird uns gesagt, dass der Club die Füße still halten soll. Die Polizei wird den Täter schon schnappen.

Das Gewehr hatten sie bereits im Wald gefunden. Der Fundort hat nichts mit dem Standort des Schützen zu tun. Es war notdürftig im Wald bedeckt worden. Mehr Auskunft bekommen wir nicht. Gut, wahrscheinlich wissen die aber auch nicht mehr. Geht ja schließlich nur um einen Rocker. Aber somit können wir einen Jagdunfall schon einmal ausschließen. Ein Jäger hat registrierte Waffen und wird nicht irgendwo im Wald sein registriertes Gewehr nach einem tödlichen Fehlschuss notdürftig verstecken. Aber an diese Version habe ich eh nicht geglaubt. Jäger jagen zumeist in der Dämmerung, nicht am Tag, und ich gehe nicht davon aus, dass sie in Richtung Straße schießen. Das ist viel zu gefährlich und würde nicht erlaubt werden.

Die Beerdigung

Jetzt organisieren wir erst einmal die Beerdigung von Sven. Noch sechs Tage bis zum Termin. Ich telefoniere überall hin und gebe im Internet das Datum bekannt. Das wird eine Prunk-Beerdigung. Dafür sorge ich schon. Ich mache Ankündigung und Befehl wahr. Und ich kenne nichts, wenn ein Member dies eventuell zu lax sehen sollte.

Treffpunkt für Svens letzten Weg ist eine Raststätte an der Autobahn am Samstag um 10.00 Uhr. Mein Sohn und fünf weitere Member fahren zum Beerdigungsinstitut und begleiten den Leichenwagen bis zum Treffpunkt an der Raststätte. Ich habe die Polizei vorher informiert und die Genehmigung für die Strecke des Leichenzuges erhalten. Die Strecke geht durch zwei Ortschaften, in denen Sven gewohnt hatte und bekannt war. Der Friedhof und die Kapelle lagen nur ein Kilometer hinter der letzten Ortschaft.

Ich trudel um 9.20 Uhr am Treffpunkt ein und bin erstaunt, was ich so alles in Bewegung gesetzt hat. Der Treffpunkt ist so gut wie überfüllt: Autos, die zum tanken anhalten wollen, fahren gleich durch. Es ist einfach alles dicht. Die Raststätte selber ist mit Bikern überfüllt. Die quillen förmlich aus der Raststätte heraus. Aber so sollte es auch sein. Sven war schließlich nicht irgendwer. Er war der President des Wild Mob MC.

Die Bedienungen sind sichtlich genervt und haben kein Lächeln mehr auf den Lippen. Ich kenne keine Gnade, als ich bei mir denke: „Na, da müssen sie halt mal richtig arbeiten. Dann wissen die auch mal, wie das ist.“

Meiner Schätzung nach haben sich fast 800 Biker am Treffpunkt eingefunden, grandios! Ich finde endlich unsere Member vom Wild Mob MC. Ich habe seit dem Tod von Sven die Wortführung übernommen, denn einer muss es ja tun. Es wurde auch von allen akzeptiert. Nun weise ich sie noch einmal auf den Ablauf hin: „Erst der Kradfahrer von der Polizei. Dahinter sechs Member, dann der Leichenwagen gefolgt von Svens Frau mit dem Rest des MCs. Hinten dran alle anderen."

Ich habe auch dafür gesorgt, dass alles im Film festgehalten wird. Der ganze Weg ist ungefähr 25 km lang. Da wir höchstens 40-50 km/h fahren, schätze ich, die Strecke ist in 40 Minuten zu schaffen.

Als der Leichenwagen eintrifft, nehmen wir unsere Stellungen ein und alarmieren die anderen, dass wir in fünf Minuten losfahren. Die Polizei macht den Weg für den Leichenzug frei, und jetzt geht der Krach erst richtig los. Alle starten ihre Maschinen fast gleichzeitig. Ich schaue mich um und weide mich an dem grandiosen Schauspiel. Dabei sehe ich auch unsere alten Feinde, die Rebel Dogs und den Luzifer MC. Auch sie geben Sven die letzte Ehre. So sehe ich das gerne. So soll es sein. Respekt!

Langsam aber sicher bewegt sich der Tross vorwärts. Ist das ein Anblick. Wenn das Sven sehen könnte – vielleicht tut er es – er würde sich freuen. Den Gefallen habe ich ihm erfüllt. In den beiden Ortschaften stehen die Einwohner in einigen Straßen in doppelter Reihe und schauen fassungslos dem Zug hinterher. Es sieht aus, als würde der Zug nie enden. Sven war hier aber auch weitestgehend beliebt und respektiert. Viele der Schaulustigen können das Geschehene genauso wenig fassen wie wir.

An der Kapelle angekommen wird der Sarg vom Beerdigungsinstitut in der Kapelle aufgestellt und mit Blumenkränzen und

Gestecken versehen. Erst danach wird Musik aufgelegt. Natürlich läuft Blues Musik. Bei meiner Beerdigung wird wohl etwas anderes laufen. Obwohl die Musik super in den Rahmen passt. Sven hat sie über alles geliebt – sieht man mal von seinem Ofen, den Club und seiner Frau ab.

Die Kapelle ist rammelvoll mit Bikern besetzt. Alle passen aber dennoch nicht rein. Der Friedhof müsste für diesen Massenauflauf einen Dom haben. Der Rest steht andächtig draußen vor und wartet, bis die Zeremonie in der Kapelle vorbei ist.

Drinnen stehen drei Redner am Pult: Svens Frau, der Vicepresident und natürlich ich. Wir sagen jeder einige Sätze, die nach draußen übertragen werden. Ich habe dafür gesorgt, dass eine kleine Anlage installiert wurde, damit alle am Geschehen hier drinne teilhaben können. Ich wollte jedoch nicht zu kitschig werden, und eine Viodeoleinwand installieren. Das wäre dem Rahmen nicht angemessen.

Als die Reden vorüber sind, wird noch ein Rock-Klassiker aufgelegt. Handverlesen und mit genau der passenden Aussage für diesen Anlass. Unter diesen Klängen schultern acht Member vom Wild Mob MC den Sarg und tragen ihn aus der Kapelle. Wir hätten ihn auch auf Rädern schieben können, wie es bei den Profis aus dem Gewerbe üblich ist. Doch so etwas kommt für uns niemals in Frage. Sven wird auf seinem endgültig letzten Weg nicht geschoben, sondern von seinen Brüdern bis zum Grab getragen.

Als der Sarg aus der Kapelle kommt, werden sie alle ruhig. Vorher wurde draußen noch ausgiebig diskutiert und geplaudert. Viele hatten sich schon lange nicht mehr gesehen. Fast alle können das Geschehene nicht begreifen. Ein Unfall ist Realität in unserem Leben, etwas Normales. Und manchmal fordern Feindseligkeiten unter den Clubs ebenfalls Tote. Auch das ist fast Normalität. Und Krankheiten … sterben müssen wir alle. Doch das hier? Kann kaum einer glauben.

Gemeinsam gehen sie dem Sarg hinterher, jedenfalls die, die sich dahinter einreihen können. Der Rest muss warten, bis er an der Reihe ist, in der Schlange am Grab vorbeigehen und Abschied nehmen zu können. Es wird noch ein wenig länger dauern, als damals bei meiner Frau. Es sind ja rund ein Viertel mehr Trauergäste gekommen.

Am Grab angekommen lassen wir ihn in die Grube ein und jeder nimmt mit einer handvoll Erde Abschied von Sven. Einige von ihnen murmeln dabei einige Worte. Dann wird seiner Witwe Beileid gewünscht. Die Zeremonie wiederholt sich heute fast 800 Mal. Da die Behälter für die Erde nicht auf solchen Ansturm ausgerichtet sind, greifen die Trauernden schon bald in den Haufen mit der ausgehobenen Erde.

Als alles vorbei ist, verabschiedet sich der Club von den meisten Gästen. Dazu ist die Anlage bei der Kapelle sehr gut geeignet. Denn wir können uns nicht bei jedem persönlich für sein Erscheinen bedanken und ihn verabschieden. Der Vicepresident muss die Aufgabe erfüllen. Er endet damit, zu hoffen, dass wir uns alle unter besseren Umständen wiedersehen werden. Applaus und dann zieht die Karawane von dannen, um sich später zu zerstreuen.

Wir warten noch etwas, um den größten Andrang auf die engen Straßen abflauen zu lassen. Danach fahren wir mit ungefähr 150 weiteren Bikern in unser Clubhaus, wo der Leichenschmaus aufgestellt ist. Alles enge Freunde von Sven und dem Club.

Zum Schluss bleiben nur wir Clubmitglieder übrig. Wir trinken heute einiges über den Durst und nächtigen im Clubhaus. Als wir uns am nächsten Morgen trennen, machen wir einen Termin für die nächste Clubsitzung fest. Es muss schließlich eine neue Clubführung gewählt werden. Das Clubleben muss weitergehen, und dazu gehört auch ein neuer President. Wenn wir uns an dem Punkt hängen lassen, würden wir Sven nachträglich ins Gesicht spucken. Das wäre etwas, was er absolut nicht geduldet hätte. Der Club ging ihm über alles.

Eine Woche später ist es soweit: Wir versammeln uns im Clubhaus und wählen die neue Clubführung. Zuerst soll der President gewählt werden. Die Mitglieder sollen Vorschläge machen. Einige der Member schlagen mich dafür vor, andere den Vicepresident Ulf. Aber der will gerne weiter Vize bleiben. Und so sagt er: „Du bist am besten für den Posten geeignet."

Da ich sowieso schon der Wortführer bin, frage ich die Member, wer dafür wäre. Fast alle heben die Hand zur Bestätigung. „Okay, so soll es sein."

Jetzt frage ich, wer dafür sei, dass Ulf weiter den Vize macht. Wieder heben fast alle die Hände. „Okay", sage ich. „Auch das ist geregelt. Jetzt brauchen wir aber noch einen Secretary und ich würde meinen Sohn Danilo dafür vorschlagen. Hat jemand andere Vorschläge?"

Haben sie zwar nicht, trotzdem sind bei dieser Wahl nur knapp über die Hälfte der Member dafür. Naja, das ist etwas wenig, aber er ist auch gerade mal fünf Jahre im Club. Was will man da erwarten. Auf der anderen Seite, es gibt genug Leute hier. Und wenn es keine Vorschläge gibt und niemand sich bereitwillig selbst einbringt, dann nicht zustimmen? Das kann ich ja leiden.

Ich danke trotzdem allen und sage: „Ich werde ein Auge auf ihn halten. Habt Vertrauen!“

So, die Wahl ist erledigt. Punkt eins der Tagesordnung abgehakt. Es geht weiter. Ich frage nach, ob man schon weiß, wer der feige Mörder war. Als Antwort bekomme ich zu hören, dass es feststeht, dass es ein Einzeltäter gewesen sei. Ob es ein Russe war oder nicht, steht jedoch noch nicht fest.

„Das ist nicht viel. Ihr müsst dranbleiben und den Mörder finden“, antworte ich.

Damit ist auch dieser Punkt erstmal abgehakt. Es gibt aber noch mehr: „Und jetzt werden wir fortsetzen, was Sven begonnen hat: Das neue Clubhaus renovieren und nach unseren Vorstellungen einrichten. Wir hatten den unterschriebenen Vertrag in der Tasche, als Sven erschossen wurde. Durch diese Tat sind wir stark im zeitlichen Verzug. In vier Tagen ist der Erste im Monat und da sollten die Arbeiten eigentlich beginnen. Als letzte Amtshandlung als Secretary werde ich die fälligen 200.000 Euro überweisen. Jetzt könnt ihr euch alle das Objekt ansehen und vorschlagen, was wir daraus machen wollen, oder wie es eingerichtet werden soll. Der Erste im nächsten Monat ist ein Freitag. Passt super. Wir treffen uns am Zweiten und fahren alle zum Grundstück. Seid bitte alle anwesend, nicht das es später Klagen gibt, dieses oder jenes hätten wir anders machen sollen und dies und das wäre vergessen worden.“

„Alles klar, Chef!“, rufen sie.

„Chef“ hört sich gut an.

Ich nehme mir noch ein Getränk, bevor ich mit dem neuen Secretary nach Haus fahre. Susi ist voll aufgeregt und fragt mir sofort Löcher in den Bauch.

Ich antworte: „Alles ist bestens. Ich bin jetzt President und Danilo ist der neue Secretary.“

Sie meint daraufhin, dass sie sich für mich und natürlich auch für Danilo sehr freuen würde.

Ich verschwinde nach dem kurzen Gespräch mit Susi gleich ins Bett. Wir haben heißen und innigen Sex. Mein Sohn macht das Gleiche mit seiner Freundin. Diese wohnt inzwischen ebenfalls bei uns und gehört zur Familie.

Am nächsten Tag sage ich zu Danilo, er müsse sich um einen Grabstein für Sven kümmern. Wir werden jedes Jahr geschlossen am Todestag zum Friedhof gehen und Fackeln anzünden – und das vor einem prachtvollen und ausgefallenen Grabstein. Als Secretary wäre es nun seine Aufgabe, sich um solche Dinge zu kümmern.

Heute ist der Tag, an dem sich alle Member das neue Clubgelände ansehen und Ideen vorschlagen können. Alle treffen pünktlich ein und sind gespannt. Nach der Ankunft schließe ich die Tür auf, und alle treten nacheinander ein.

„Seht euch gründlich um. Anschließend halten wir hier eine kleine Sitzung ab, um die Ideen und die Arbeitseinteilungen zu diskutieren.“

Als nächstes schließe ich noch die Tür zum Hof auf und gehe hinaus. Einige kommen sofort hinterher und da ist auch schon der erste Einfall. Man könne ja rechts die ehemaligen Pferdeställe und deren Boxen in eine Werkstatt für unsere Harleys verwandeln. Jeder von uns würde eine eigene Box erhalten, um seine Harley über die Wintertage einstellen zu können.

Bamm, der sitzt! Und ich bin sofort Feuer und Flamme. Geile Idee! Ich sage den beiden, der Einfall sei gut. Und das sie sich gleich selbst darum kümmern können. Komplette Planung, Einrichtung etc.

„Alles klar, in zwei Tagen legen wir los", erhalte ich zur Antwort.

„Mann, da haben sich die beiden aber was vorgenommen!", denke ich mir und rechne: „Die Ställe gründlich zu säubern dauert bestimmt schon eine ganze Woche. Vom Rest ganz zu schweigen. Im Haupthaus ist es einfacher: Nur den Putz ausbessern, alles malern und in einigen Räumen die Fußböden erneuern."

Ich gehe wieder in die Halle und rufe: „Wer kümmert sich um die Halle? Hier muss ein Tresen und ein Podest für die Bands gebaut werden."

„Das übernehmen wir vier", höre ich. „Nächste Woche wird angefangen, und in zwei Monaten machen wir eine große Eröffnungsfeier."

Ich denke mir: „Okay, die nehmen sich ebenfalls ein hartes Programm vor. So ist recht!"

Ich erwähne noch, dass wir das Gelände im Herbst in Angriff nehmen werden. Am Wichtigsten wären erstmal die Gebäude, denn aus dem alten Clubhaus müssen wir in drei Monaten raus sein. Ich wende mich zu Danilo: „Du musst Werbung für die Eröffnungsfeier drucken lassen und für die Verteilung sorgen. Außerdem sollte jeder von uns einen Schlüssel haben, damit jeder hier arbeiten kann, wann er will und Zeit hat, ohne sich ständig mit jemandem Absprechen zu müssen. Die Member haben sich einen engen Zeitplan gesetzt. Und wir sollten die ehrgeizigen Pläne unterstützen."

„Alles klar, schon in Arbeit", grinst er, setzt sich auf seine Harley und fährt los.

Ich muss warten, bis der Letzte von uns gegangen ist, schließe alles ab und fahre dann nach Hause. Dabei denke ich: „Mal sehen, was dabei rauskommt. Jeder kümmert sich um irgendwas. Alle wissen, wie ein Clubhaus aussehen sollte. Und diese Anlage ist so abgefahren, dass jeder weiß, dass wir etwas Besonderes abliefern müssen. Ich werde keinem rein reden, die Begeisterung der Leute stören."

Nach nur einem Monat sind die Motorradboxen für die Member fertig und die Hauptwerkstatt sieht sehr eindrucksvoll aus.

„Super! Habe nicht erwartet, dass ihr es so schnell schaffen würdet", gratuliere ich den beiden, die sichtlich stolz grinsen.

Bis das Haupthaus fertig renoviert ist, wird es dagegen noch eine Weile dauern. Doch die Hauptsache ist, dass die Partyhalle und die sanitären Anlagen bis zur Eröffnungsparty fertiggestellt sind. Der Tresen ist schon eingebaut und sieht ebenfalls sehr eindrucksvoll aus. „Tja", denke ich bei mir. „Auch hier enttäuschen mich meine Brüder nicht."

Jetzt muss nur noch alles gesäubert werden. Dann muss alles eingeräumt und die Wände mit Bildern und Trophäen geschmückt werden. Unsere Frauen bieten sich an, jeden fertiggestellten Raum auf Hochglanz zu putzen: Man hätte vom Fußboden essen können.

Jedem macht es sichtlich Spaß, sich an den Arbeiten zu beteiligen, denn alles ist unser Eigentum. Und meine Rechnung ging auf, den einzelnen Gruppen in ihre Arbeiten nicht reinzureden. Ich bin mir sicher, wenn wir wirklich jedes Detail versucht hätten, in einer Sitzung zu klären, wir würden nicht einmal angefangen haben.

Ich kann aber auch nicht wirklich den Membern reinreden, denn ich habe selber auf den Häusern einiges zu tun: Auf dem Haupthaus müssen viele Dachziegel erneuert und die Dachrinne muss repariert werden. Bei den Nebengebäuden muss ich teilweise neue Schweißbahnen auftragen. Und ich bin alleine mit dieser Arbeit. Bei dem Enthusiasmus der anderen, kann und will ich nicht nachstehen und lege mich ebenfalls voll rein.

Nach zwei Monaten sind die wichtigsten Räume fertig renoviert. Die Party kann also pünktlich beginnen. Das ist immer das Wichtigste. Wenn man einen Termin rausgibt, muss man ihn halten. Alles andere wäre peinlich. Außerdem sind die Einladungen für bestimmte Personen und MCs schon lange rausgegangen. Da kann man den Termin ohnehin nicht mehr ändern.

Ein paar Stunden vor Beginn der Party werden die Getränke und Speisen angeliefert. Auch das Wetter spielt mit, um auch auf dem Gelände feiern zu können. Das überfordert dann nicht die frisch renovierten Räume. Wir stellen draußen einen Bierwagen auf. Dazu Tische, Stühle, Bänke, Sonnenschirme.

Drei Tage zuvor hatten wir alles brauchbare aus dem alten Clubhaus ins Neue gebracht und dem Besitzer die Schlüssel zurückgegeben. Zwar etwas vorzeitig, aber der ist wie wir zufrieden.

Inzwischen trudeln die ersten Gäste ein. Alle sind sie gekommen und neugierig darauf, zu sehen, was wir uns hier aufgebaut haben.

Auch die Band ist da und baut gerade ihre Anlage auf dem Podium in der Partyhalle auf. Sie machen schon den Soundcheck, um mit ihrem Auftritt dann bald loslegen zu können.

Viele Delegationen von anderen MCs sind mit Geschenken zu uns gesandt worden. Ich selber führe diese zur Besichtigung durch unsere neuen Räumlichkeiten. Allseits Staunen. Natürlich verrate ich nicht, dass es ein Schnäppchen war und wenn immer die Sprache zum Kleingeld kommt und die Feststellung getroffen wird, dass dies ja nicht gerade billig gewesen sein dürfte, nicke ich und sage: „Ja, das Abstottern wird den Club noch eine ganze Weile lang beschäftigen." Anschließend lade ich jede Delegation zu einem Freidrink an die Bar ein.

Innerhalb von zwei Stunden ist das Clubhaus und teilweise auch das Gelände gerammelt voll mit Gästen. Jetzt beginnt auch die Band mit ihrem Programm. Die Stimmung kocht gewaltig hoch. Die Band heizt richtig gut ein und schließlich gibt es zum Höhepunkt einen heißen Strip an der Stange von einer gut gebauten Blondine. Die Stimmung ist nun wie bei einem Vulkanausbruch.

Anschließend wird die ganze Nacht durchgetanzt, -gerockt und -getrunken. Ich mache voll mit und muss zwischendurch auch immer wieder viele Fragen beantworten. Mache ich gerne, denn nur wenige Fragen drehen sich um Sven. Und wenn diese auftauchen, sage ich, dass ich auf dieser Party nicht darüber sprechen möchte. Jeder kann mich gut verstehen und wir gehen immer sofort zu anderen Themen über.

Am frühen Morgen ziehen schließlich die letzten Gäste von unserem Gelände und wir können in die neu eingerichteten Schlafräume für die Member gehen. „Puh!“, denke ich und wahrscheinlich die anderen ähnlich. „Hartes Stück Arbeit, harte Party und jeder war beeindruckt. Ich denke, jeder wird gerne wiederkommen, der das heute erlebt hat.“

Am späten Nachmittag stehen wir auf und nach einem starken Kaffee legen wir los, um alle Räumlichkeiten wieder in ordentlichem Zustand zu bringen. Nach einer rauschenden Partynacht gehört das leider immer dazu.

Als alles wieder in Ordnung ist, ziehe ich die Bilanz von der Party. Es wurde fast alles ausgesoffen und das Essen hat gerade so gereicht. „Das war echt knapp“, denke ich mir. „Aber na ja, mit so vielen Gästen haben wir auch nicht gerechnet. Die Neugier war schon immens. Da bleibt ein ordentlicher Überschuss.“ Ich bin mir aber nicht so richtig sicher, ob nicht der Tod von Sven auch zu diesem Zuspruch geführt hat. Das hat schließlich die gesamte Szene getroffen. Ich konnte bei vielen die brennenden Fragen in den Augen lesen. Aber wir haben schließlich die gleichen Fragen.

So, nun fahren Susi und ich nach Hause. Danilo muss noch ein wenig länger bleiben. Als neuer Secretary gehört es zu seinen Aufgaben, den Bestand aufzunehmen, Fehlendes nachzubestellen und für die Lieferung zu sorgen.

Ich freue mich jetzt, wieder dem geregelten Leben nachgehen zu können. Der Druck ist von mir gewichen und das tut wirklich gut.

Als ich die ersten Fotos unserer Party erhalte, stelle ich sie gleich ins Internet, damit auch die, die nicht auf der Einweihungsfeier waren, sehen können, was wir uns aufgebaut haben und was los war auf der Eröffnung.

Ich bekomme auch viele Glückwünsche zum neuen Clubhaus. Die leite ich alle sofort an meine Brüder weiter. Das macht sie stolz, denn jeder hat für diese Anerkennung hart gearbeitet.

Ich beginne, mit den Gedanken abzuschweifen: „Ich muss sagen, ich habe viel erreicht in meinem Leben. Ich fing als Prospect im Club an. Bin jetzt rund 30 Jahre dabei und inzwischen sogar President geworden. Mein Sohn Danilo ist seit sechs Jahren dabei und schon Secretary. Natürlich habe ich auch einige Rückschläge einstecken müssen – ja, aber diese versuche ich so gut wie es geht zu verdrängen. Es fällt mir meistens sehr schwer. In fünf Jahren werde ich 60 Jahre alt, der Club 40 Jahre. Das werde ich, das werden wir als große Doppel-Party feiern. Aber da habe ich ja noch einige Jahre Zeit, um das zu organisieren."

Die Doppelhochzei
Just Married

Eines Morgens kommt Danilo zu mir und fragt, ob ich nicht mal kurz Zeit für ihn hätte.

„Na ja, wenn es nichts Schlimmes ist immer", antworte ich.

Daraufhin sagt er, dass er Vater werde und deswegen im nächsten Monat heiraten wolle. Ich bin sofort begeistert und frage neugierig, ob er inzwischen schon wisse, was es werden wird.

„Tja Opa, das wird ein Junge."

Ich bin fassungslos: So viel Gutes auf einmal.

„Danilo, da plane mal schön, damit auch alles gut organisiert ist. Ich wünsche dir auf alle Fälle alles Gute im Voraus."

Plötzlich habe ich eine Idee und bekomme das Grinsen gar nicht mehr aus meinem Gesicht.

Danilo schaut mich zweifelnd an: „Geht es dir gut?"

„Alles Bestens, mein Junge", mehr sage ich nicht, gehe raus, setze mich auf meine Harley und fahre erstmal einige Kilometer, um den Wind in meinem Gesicht zu spüren. Das ist immer herrlich. Der Kopf wird freigepustet und man kann besser denken. Bei der Fahrt schießen mir so viele gute und freudige Gedanken durch den Kopf, es ist unglaublich. Meine Hormone spielen völlig verrückt. Der Fahrtwind beruhigt mich aber ein wenig und ich werde langsam wieder normal. Ich freue mich jetzt einfach, dass es mit meinem Leben wieder bergauf geht.

Als ich wieder zu Hause eintreffe, suche ich nach Susi. Ich treffe sie im Tattoo-Studio an. Wo sonst? Sie guckt völlig entgeistert: „Mensch Wolle, was ist dir denn passiert? Du bist ja völlig aufgewühlt."

„Na ja", stottere ich. „Ich muss mal kurz mit dir reden."

„Na klar doch, leg los! Was hast du auf dem Herzen?"

„Danilo will seine Verlobte Ute heiraten."

„Oh Mann, das ist ja eine tolle Neuigkeit! Steht der Termin schon fest?"

„Nein, aber was hältst du von einer Doppelhochzeit?"

Susi versteht die Anspielung nicht und will gleich wissen, wer denn noch heiraten würde. „Scheiße", denke ich und druckse ein wenig herum. Dann bricht es aus mir heraus: „Wenn du es willst, dann wir."

Jetzt ist es an Susi, überrascht zu sein. Schließlich sagt sie: „Das kommt aber plötzlich. Ich muss mich erst einmal setzen."

Nachdem sie dies getan hat, schaut sie auf, blickt mich an und sagt: „Aber ich sage ‚Ja'."

Ich bücke mich, hebe sie aus dem Sessel und sage: „Das ist wunderschön."

Jetzt rauscht Danilo ins Studio und fragt was los sei, weil wir ja so vergnügt aussehen würden.

„Tja Sohn, wir wollen auch heiraten und deshalb frage ich dich, ob wir nicht gemeinsam im Mai heiraten wollen. Anfang Mai ist ein guter Termin. Da kann man schon wieder Harley fahren und eine Doppelhochzeit macht bestimmt viel Spaß."

„Einverstanden, dann hat Ute noch Zeit bis zur Geburt und das Ganze belastet sie nicht so sehr. Später ist es zu anstrengend für sie, um den ganzen Stress durchzustehen", erwidert Danilo.

Damit ist die Sache abgemacht. „Ich habe doch immer die besten Ideen", denke ich mir und freue mich schon. Der Club wird sich sowieso freuen, wenn wir es erzählen. Das wird wieder eine tolle Party geben und tolle Partys finden meine Brüder immer gut.

Ich lächle und bin glücklich.

Wir hatten einen strengen Winter. Auch hatten wir viel mit der Bar und dem Tattoo-Studio zu tun. Die kleine Pension ist eigentlich schon eine längere Zeit immer ausgebucht. Ohne Fleiß, kein Preis – also keine Kohle. Wir sind fleißig und die Kassen klingeln wie nie zuvor. Wir haben also genügend Geld, um eine schöne Doppelhochzeit zu feiern. Der Termin stand bereits fest und die Einladungen waren schon vor einem Monat rausgegangen. Die Hochzeitsfeier machen wir natürlich in der Biker-Bar, den Hof mit einbezogen.

Wir bauen zwei Tage vorher ein großes Zelt auf, darin vierzig Tischgarnituren und eine große, über Eck gebaute Ablage für das Büfett. Wir haben viele Helfer für dieses Spektakel eingeteilt, damit wir uns um unsere Gäste kümmern können.

Für das Standesamt haben wir ein großes weißes Cabriolet bestellt, Ute soll es im siebten Monat bequem haben. Also werden die beiden Frauen im Cabriolet mit Chauffeur zum Standesamt gebracht und Danilo und ich fahren auf unseren Harleys vor dem Wagen her.

Am Standesamt ist der Treffpunkt für die geladenen Gäste. Es kommen auch viele durch Mundpropaganda. Wir lassen die Sektkorken knallen und jeder bekommt ein Glas Sekt zur Begrüßung. Ins Amt selber kommen jedoch nur die engsten Freunde mit rein, also unser MC und einige Familienangehörige von Susi und Ute. Der Standesbeamte bemerkt, dass er so eine Hochzeitsgesellschaft noch nie gehabt hätte: alles Rocker, dazu das Elternpaar von Ute und die Mutter von Susi. Das ist die ganze Verwandtschaft.

Als wir dann am Ende seiner Rede uns die Ringe aufsetzen, geht ein erleichtertes Seufzen durch die Reihen. Beide Brautmütter tupfen sich einige Freudentränen vom Gesicht. Die Ringe sind aus Weißgold mit einem großen Harley-Davidson-Logo darauf. In den Ringen haben wir unsere Namen gravieren lassen. Es sind teure Eheringe, dafür im Endeffekt aber mit Sicherheit einmalig. Mir kommt jetzt der Gedanke, dass das Zuschauen und Zuhören bei der Zeremonie ganz schön anstrengend sein kann. Ich drehe mich daraufhin um und rufe: „Wir haben es geschafft, jetzt geht es zum gemütlichen Teil über.“ Dann küssen wir unsere Frauen und verabschieden uns von dem Standesbeamten, der diesen Tag wohl nie im Leben vergessen wird und die Geschichte jedem, den er kennt, erzählen wird.

Als wir das Standesamt verlassen, werden wir mit Reis beworfen und hochgejubelt.

Danilo ruft nun laut: „Alles sammeln! Wir fahren jetzt zum Hochzeitsschmaus und die Getränke warten auch schon.“

Die Frauen steigen wieder ins Cabriolet und wir auf unsere Harleys. Einmal kurz umblicken und bemerken, dass hinter uns eine unglaublich lange Schlange von Motorrädern aller Marken mit Ziel Biker-Bar herzieht. Dabei jubeln und hupen alle in einer Tour. Kaum sind wir angekommen, stürzen sie sich auf das Büfett und belagern die Bar.

Was für ein wunderschöner Tag für uns, selbst die Sonne lacht vom Himmel. Zum Abend lichtet sich das Party-Getümmel. Einige müssen ihre Motorräder bei uns auf dem Hof lassen und fahren mit Taxi, da sie zu viel getrunken haben. Ist besser so und wir haben eh genug Platz. Ich wünsche ihnen eine gute Heimfahrt und ergänze noch, sie sollen doch Morgen erst ab Mittag die Motorräder abholen kommen, denn wir wollen ausschlafen.

Am nächsten Tag, nach einem kräftigen Frühstück, beginnen wir mit Hochdruck alles aufzuräumen. Dazu gehört auch, dass alle Hochzeitsgeschenke verteilt und eingeräumt werden. Es sind nicht wenige, die unsere Frauen wegzuräumen haben.

Im Laufe des Tages werden auch die letzten Motorräder abgeholt. Einige kommen sehr spät. Uns recht, dass sich das Abholen verteilt. Und langsam kehrt die benötigte Ruhe wieder ein. Am Nachmittag fahre ich noch mit Danilo zum Grab von Miriam und lege einige Blumen nieder. Ich sage ihr, dass ich nun mein Leben mit einer neuen Frau weiterleben werde, so wie sie es sich gewünscht hätte. Ich werde weiterhin einmal im Monat mit frischen Blumen zu ihr ans Grab kommen, denn sie würde für immer in meinem Herzen sein.

Natürlich spreche ich nicht laut mit ihr. Und was mein Sohn mit seiner Mutter bespricht, bleibt in seinem Herzen.

Als wir zurückkehren, stehen unsere Frauen mit einem Glas Sekt vor der Bar. Wir nehmen die Gläser und trinken sie in einem Zug leer. Dann gehen wir geschafft ins Bett. Am nächsten Morgen wartet schließlich wieder die Arbeit auf uns. Eine Hochzeitsreise wird es erst am Ende des Sommers geben. Dann haben wir die Ausgaben für die Hochzeit wieder drin und somit das notwendige Kleingeld für die Reise übrig.

Sechs Wochen später bekommt meine Schwiegertochter die Wehen. Danilo und ich fahren sie schnell ins Krankenhaus. Am nächsten Morgen ist mein Sohn Vater eines strammen Jungen. Er kam problemlos zur Welt und Ute ist glücklich.

Da ich nachts wieder zurückgefahren bin, erfahre ich das freudige Ereignis telefonisch von Danilo, der bei seiner Frau geblieben ist. Kurz bevor er auflegt, teilt er mir mit, dass mein Enkelsohn Tamio heißen soll.

„Na bitte, wieder eine gute Neuigkeit. Mein Enkelsohn ist gesund und Ute und Danilo sind glücklich." Susi und ich sind jetzt stolze und glückliche Großeltern mit einem kleinen Schreihals im Haus. Ich lächle still in mich hinein.

Eine Woche später erhalte ich einen Anruf vom Vicepresident Ulf: „Die Polizei hat den Mörder von Sven verhaftet."

„Das ist eine gute Nachricht", antworte ich. „Und, kennen wir ihn?"

Nein", sagt er. „Es ist tatsächlich ein Russe. Die Vermutung war richtig."

„Na gut", sage ich. „Dann werden wir die Verhandlung abwarten und was unternehmen."

„Okay", sagt Ulf und legt auf.

Wir haben nicht nur nach den möglichen Tätern gesucht, sondern auch versucht, etwas über Svens Leben herauszufinden. Dabei haben wir herausbekommen, dass Sven in der Tat dubiose Geschäfte mit einigen Russen gemacht hatte. Dummerweise hat er diese dabei über's Ohr gehauen. Klar, dass die das nicht auf sich sitzen lassen haben. Aber egal, zu uns war Sven immer ehrlich. Und schließlich war er einer von uns. Alle für einen, einer für alle.

Der Russe hat die Tat bereits gestanden und rechnet mit Abschiebung. Für ihn eine elegante Art der Bestrafung, für uns nicht zu akzeptieren. Da müssen wir was unternehmen, komme was wolle. Denn abwarten und schauen was passiert, um eventuell später zuzugreifen, würde bei einer Abschiebung ins Leere laufen. Dann wäre er weg und nicht mehr greifbar.

Ich entscheide: „Wir machen den Russen bei der Verhandlung fertig.“

Am Tag der Verhandlung fahren fast alle Mitglieder vom Wild Mob dorthin. Der Gerichtssaal ist voll mit Polizei. Sie vermuten schon einen Racheakt, können uns aber nicht daran hindern, den Gerichtssaal zu betreten. Es ist zum Glück für uns eine öffentliche Verhandlung. So kann uns niemand aussperren.

Nach einer gründlichen Untersuchung setzen wir uns in die ersten Reihen. Wir haben keine gefährlichen Waffen bei uns. Das war meine Order. Niemand soll irgendwas verdächtiges bei sich haben. Aber meine Brüder wissen auch so, dass es dumm wäre. Wir haben aber unsere Hände. Und die werden wir benutzen.

Als der Täter schließlich in Handschellen zu seinem Platz geführt wird, stehen wir alle auf: Vier Mann gehen schnell zum Täter, die anderen hindern die Polizei am Eingreifen. Der Russe kann wegen seiner Handschellen nicht reagieren, wie schön. Wir schlagen auf ihn ein, was das Zeug hält. Immer härter schlagen wir drauf, so wütend sind wir und so war es auch geplant. Er soll ordentlich was mitnehmen.

Inzwischen haben die Bullen Verstärkung bekommen, drängen uns zusammen und nehmen uns mit Waffengewalt fest. Es ist eine Aktion fürs Geschichtsbuch: Sechzehn Member, darunter Danilo und ich, werden abgeführt. Ich kann noch sehen, dass der Russe nicht mehr aufsteht. Er liegt zusammengekrümmt am Boden.

Wir kommen alle in Zellen im Erdgeschoss des Gerichtsgebäudes und werden nach zwölf Stunden freigelassen. Wir erhalten noch den Befehl, uns bis zu unserer Gerichtsverhandlung einmal die Woche im Polizeirevier zu melden. Naja, was soll's. Einmal die Woche „Hallo" sagen, stellt kein Problem dar.

Wie wir etwas später erfahren, musste der Russe auf die Intensivstation des Krankenhauses. Der Verhandlungstag fiel also ins Wasser. Und wie wir es richtig vermutet haben, er bekam nach dem Krankenhausaufenthalt „Lebenslang" und wurde nach Weißrussland ausgewiesen. Toll, und da läuft er als Lebenslänglicher frei durch die Gegend und lässt es sich gut gehen.

Der Richter ist stinksauer über unsere Aktion. Er sagt unseren Anwälten, wenn der Russe das nicht überlebt hätte, wären wir alle wegen vorsätzlichen Mordes verurteilt worden. Klar, und wir wären nicht auf freien Fuß gekommen, wie der Russe, der ebenfalls einen vorsätzlichen Mord durchgeführt hat. So sind unsere Richter eben.

Unser Gerichtstermin wegen gefährlicher Körperverletzung und Widerstand gegen die Staatsgewalt wird zügig angesetzt. Wir bekommen alle zwei Jahre auf Bewährung. Bis auf vier Member. Die haben einige Vorstrafen und erhalten deswegen drei Jahre ohne Bewährung und werden gleich inhaftiert. Selbstverständlich werden wir uns um unsere Brüder im Knast kümmern: Geldüberweisungen zum besseren Einkauf und Besuche von uns. Wir schätzen, dass sie nach anderthalb Jahren den Rest der Haftstrafe auf Bewährung bekommen.

Die Hochzeitsreise müssen wir durch diesen Zwischenfall um vier Wochen verschieben. Kein Problem für uns, und für Ute und den Kleinen vielleicht sogar besser.

Wir fliegen nach Mallorca, mieten uns dort zwei Harleys und machen die Strände unsicher. Für die zwei Wochen kümmern sich Utes Eltern um Tamio. Ute und Susi sitzen zwar etwas unbequem hinten auf den Harleys, aber vier Maschinen zu mieten wäre zu teuer geworden. Hauptsache ist doch, wir spüren auch auf Mallorca den Fahrtwind im Gesicht, das brauchen wir einfach.

Wir amüsieren uns in den vierzehn Tagen köstlich und das Wetter ist dort ja eh immer gut. Wider Willen müssen wir nach zwei Wochen wieder zurückfliegen. Na ja, ich muss zugeben, der Widerwille ist eher meiner und vielleicht Susis. Ute und Danilo fliegen gerne zurück: sie vermissen ihren Sohn. Jedenfalls war es eine gelungene Hochzeitsreise für unsere Ansprüche gewesen.

Zu Hause gewöhnen wir uns schnell wieder an den Alltagstrott. Im Clubhaus hat sich auch einiges getan. Ich staune: Ein großes Eingangstor wurde aufgebaut, das per Fernbedienung auf und zu gesteuert werden kann. Das große Tor wird von unserem Clublogo gekrönt. Auf dem riesigen Gelände wurde ein geteerter Weg, der zu einem großzügigen Parkplatz für Motorräder und Autos führt, angelegt. Ich muss sagen, meine Clubbrüder haben in der Zwischenzeit viel getan.

Ich stehe mit Danilo vor dem Tor und betrachte das große Logo.

„Klasse", sage ich zu Danilo. „Da stellen sich die ganzen Haare an meinem Körper auf."

„Das passiert mir auch gerade", ist seine Antwort, und er grinst dabei breit.

Ich trete ruhiger

Es sind einige Jahre ins Land gegangen. Außergewöhnliche Dinge sind in dieser Zeit nicht vorgekommen. Wir sind immer noch glücklich verheiratet. Mein Sohn ebenfalls. Mein Enkelkind Tamio rennt fleißig auf unserem Hof herum und wird bereits fünf Jahre alt. So schnell vergeht die Zeit.

Vom Club sitzt niemand mehr im Knast, auch wenn die geschätzten anderthalb Jahre nicht ganz aufgegangen sind. Es dauerte etwas länger.

Wir bereiten jetzt unsere 40-Jahre-Feier vor. Außerdem muss ich meinen sechzigsten Geburtstag planen, den ich am selben Tag feiern will. Den Plan fasste ich ja schon vor Jahren.

Am Grab von Miriam war ich auch regelmäßig. Das werde ich auch weiterhin machen, bis das Grab nach zwanzig Jahren eingeebnet wird. Dann wird es von der Friedhofsverwaltung freigegeben und für ein neues Grab bereit gestellt. Das ist nun mal der Lauf der Dinge. Vielleicht erlebe ich diesen Zeitpunkt auch gar nicht mehr. Man muss realistisch sein. In meinem Alter plant man nicht mehr solche Zeitabschnitte. Ich freue mich Jahr für Jahr.

Die Vorbereitungen der Jubiläumsfeier und meines Geburtstags sind am Laufen. Die Bekanntgabe und die speziellen Einladungen sind raus: in Gold gefasste Einladungen an bestimmte Personen und Vereine. Sogar an unsere ehemaligen Feinde, die Rebel Dogs und der Luzifer MC. Wir haben ein Friedensabkommen der beiden Clubs angenommen. Warum auch nicht? Ich bin der Meinung, ein Rocker unserer Art sollte nicht nachtragend sein, wenn von einer Seite die Hand zum Frieden gereicht wird. Außerdem sind auch wir in die Jahre gekommen und können vernünftig denken und handeln. Und wir hatten ja nie Grund zu

Feindseligkeiten. Das kam ja in erster Linie von denen. Inzwischen dürfen sie sich auch andernorts wieder blicken lassen und mitfeiern. Das ist doch sowieso viel schöner. Manche müssen erst alt werden, um ein bisschen Weisheit zu erlangen, ich hatte sie schon früher.

Das ganze Clubgelände ist komplett restauriert worden. Es hat viele Jahre der Umgestaltung in Anspruch genommen. Alles Stück für Stück und manchmal auch wieder zurück. Aber jetzt können wir bis zu 2.000 Besucher unterbringen. Wir können kleine Festivals und Runs veranstalten, ohne irgendwas mieten zu müssen. Ein immenser Vorteil. Die Schulden sind auch abgetragen, naja, fast. Eine winzige Restsumme ist noch offen. Und insgeheim beneidet uns noch immer jeder Club um diese Anlage und ist gerne zu Besuch. Und genau so soll es sein.

Am Tag des Geschehens zeigt sich die Sonne wieder einmal von ihrer besten Seite. Vielleicht etwas zu heiß. Aber immer noch besser als kalt und regnerisch. Schön, dass wir einen kleinen See unser Eigen nennen dürfen: Ein kühles Bad wird allen Gästen gut tun. Und die kommen zahlreich in fast unübersehbaren Kolonnen.

„Wenn die alle reinspringen, läuft unsere Badewanne über", lautet mein Kommentar, als ich unsere Einlass-Kontrolleure beim Tor besuche. Wir grinsen.

Die Hälfte des Freigeländes ist im Nu voll von Zelten und Motorrädern. Autos lassen wir nur zum Auspacken auf's Gelände, danach müssen sie wieder vom Gelände runter, sonst ist bald kein Platz mehr. Eigentlich hätten wir auch Öfen verbannen müssen. Aber wir kennen es von uns: Das macht unsereiner höchst ungerne bis gar nicht.

Ein größeres Zelt ist für mich reserviert. Darin steht mein Geburtstagsbüfett und ein kleiner Tisch für eventuelle Geschenke für mich. Im Zelt steht auch meine Panhead, sie ist ja schließlich im gleichen Alter wie ich. Ich selber habe bis zum Abend viel zu tun. Als President des Clubs muss ich alle Geschenke zur 40-Jahre-Feier entgegennehmen. Das ist meine Aufgabe. Dazu immer ein kurzes Pläuschchen neben den offiziellen Gratulationen. Es wurde letztlich so viel, dass man locker zwei Clubhäuser unserer Größenordnung mit den Jubiläumsgaben schmücken könnte. Ich bin nur am hin und her rennen, um alle Präsente richtig abzulegen und zu präsentieren. Danilo und mein Vize Ulf unterstützen mich ein wenig, das würde ich sonst nicht bis zum Abend schaffen. Dazu kommt noch die Hitze. Und ich kann nicht in unsere Badewanne, keine Zeit.

„Damit können wir ein Museum einrichten", kommentiere ich kurz zu Ulf und Danilo, bevor wir weiterrennen.

Ich höre noch kurz: „Gute Idee, Chef", und denke: „bloß nicht." Und dann lachen wir alle, während wir uns in verschiedenen Richtungen verlieren.

Am Abend kühlt es sich etwas ab, und ich beginne langsam, mir einen Whisky nach dem anderen hinter die Binde zu kippen. Warum auch nicht? Schließlich habe ich ja Geburtstag. Die Stimmung ist hervorragend und bevor ich zu viel getrunken habe, halte ich noch auf der Freilichtbühne eine Rede. Ich nehme das Mikrofon und rede mir die Seele aus dem Leib, bedanke mich für die rege Teilnahme an dieser Party, erwähne die extra weit Gereisten, bedanke mich für die Präsente und schließlich brandet mir Beifall entgegen.

Susi sagt mir hinterher, dass ich ein sehr guter Redner gewesen sei. Ich bin zufrieden, als ich mit der Rede fertig bin. Denn so richtig Lust hatte ich eigentlich keine. Aber was sein muss, muss sein. Ich bin schließlich President.

Die Party geht bis Sonntagnachmittag. Die letzten Gäste fahren nach einem deftigen Bauernfrühstück nach Hause. Ich bin völlig fertig und ausgelaugt, hatte auch nur drei Stunden Schlaf in der Zwischenzeit. Meine Brüder beginnen das große Aufräumen. Ihnen geht es nicht anders. Am Abend lege ich mich mit Susi zur Ruhe, denn in diesem Zustand fahre ich nicht mit der Harley nach Hause.

Am nächsten Morgen weise ich einen Prospect an, meine Geburtstagsgeschenke ins Auto zu packen und zu mir nach Haus zu fahren. Susi und ich setzen uns auf die Harleys und fahren nach Hause. Kaum angekommen, trifft auch das Auto mit den Geschenken ein. Ich trage sie alle in den Barraum und schaue sie mir erstmal so richtig an. Einige muss ich sogar noch auspacken. Mindestens 20 Flaschen Whisky und Liköre sind auch darunter. Die stelle ich gleich in die Bar. Das lohnt sich, denn zu Hause trinke ich selten Alkohol. Es sind auch viele schöne Sachen dabei, die man in der Wohnung aufstellen oder aufhängen kann. Das erledige ich sofort. In einigen Briefumschlägen befindet sich Geld, das ich ja immer gut gebrauchen kann. Wer denn nicht?

So, das wäre geschafft.

„Hey Susi, komm mal her! Ich muss dir etwas mitteilen."

„Was gibt es denn?"

„Ich werde mich als President zurückziehen und einen anderen für das Amt vorschlagen."

„Warum?“, fragt sie.

„Na ja, dann habe ich mehr Zeit für dich und den Hof. Außerdem bin ich gesundheitlich angeschlagen. Ich werde jetzt das Ganze ruhiger angehen müssen, sonst werde ich nicht alt. Ich habe mir alles gut überlegt. Besser jetzt, als zu spät. Am Mittwoch werde ich das im Club bekannt geben und einen neuen President vorschlagen.“

„Na gut“, meint Susi. „Du musst ja wissen, was du tust.“

„Das weiss ich.“

Am Mittwoch darauf fahre ich zur Sitzung und teile meinen Entschluss mit. Niemand findet die Entscheidung unbedingt berauschend, denn ich war nach Sven ein guter President gewesen.

„Mein Entschluss ist unwiderruflich und ich schlage vor, dass Ulf meinen Posten übernimmt. Er ist seit Jahrzehnten Vicepresident und hat das Potenzial zum President. Gleichzeitig würde ich erfreut sein, wenn mein Sohn Danilo den Titel des Vicepresident übernimmt und ein anderer fähiger Member das Amt des Secretary.“

Da es bei uns demokratisch zugeht, wird gewählt. Auch meine Hand geht hoch für die Wahl des Secretary. Alle drei Führungsmitglieder werden nach meinen Vorschlägen eingewählt.

„Na bitte“, denke ich. „Es geht doch, jetzt habe ich mehr Ruhe.“

Als President war ich die Jahre viel auf Achse, hatte auch viel Stress zu bewältigen. Das ist nun alles Schnee von gestern. Das hat Ulf jetzt am Hals. Der wird es aber auch meistern, das weiß ich. Man muss ihn eben nur ein wenig zwingen, er kann sich nicht immer hinter jemanden verstecken. Er wird aber wahrscheinlich auch nicht lange machen. Der Kern ist in einem ähnlichen Alter wie ich. In ein paar Jahren muss der Nachwuchs Verantwortung übernehmen. Danilo habe ich ja schon aufgebaut. Der vorgeschlagene Secretary ist ebenfalls keiner von der alten Garde. Und wenn er hochrückt, wird ebenfalls ein junger Member nachkommen. So ist die Existenz des Clubs sichergestellt, wenn wir Alten eines Tages nicht mehr sind.

Natürlich habe ich auch die Gründe meines Rücktritts angegeben. Das wird auch gut angenommen. Niemand will, dass ich in ein paar Monaten hier tot umkippe. Und ich habe ja nicht um Entlassung aus dem Club gebeten. Das würde ich auch nie. Der Club ist mein Leben. Ich will mit meinen Colours begraben werden.

Nach der Sitzung trinken wir noch einen Whisky und ich beglückwünsche die neue Clubführung: „Macht es ja gut, denn ich habe euch im Auge."

Da müssen erstmal alle lachen. Sie kennen mich ja zu gut. Anschließend mache ich mich auf den Weg nach Haus und berichte Susi über das, was alle wissen können: die neue Wahl im Club. Da sie ja auch den Club gut kennt, ahnt sie schon, wie das ausgegangen ist – bis auf die Wahl des neuen Secretary.

„Na bitte", sagt sie. „Jetzt kannst du ja die Füße hochlegen und alles ruhiger anpacken."

Daraufhin kippe ich mir noch einen Whisky ein und plaudere noch so lange mit Susi, bis mir die Augen vor Schwäche zufallen. Dann gehen wir zu Bett.

Am nächsten Morgen kneife ich mir erst einmal in den Arm. Jetzt weiß ich, dass ich nicht geträumt habe und mir seit gestern eine schwere Last abgenommen wurde. Jetzt kann ich Pläne machen. Am Wochenende werde ich mit meiner alten Panhead mal eine kleine Reise unternehmen. In der letzten Zeit hatte ich an diesem Modell noch einige Dinge umgebaut. Natürlich alles in schwarz belassen. Eine große Strecke werde ich nicht fahren. Dazu ist die Panhead nicht unbedingt geeignet, denn diese Modelle fangen immer schnell zu ölen an, und das muss bei dieser nicht sein. Ich habe keine Lust, immer alles vom Öl zu befreien. Die Panhead ist eben ein altes Showbike, mit dem man auffallen will. Für lange Strecken habe ich ja noch immer meine Heritage Softail, mit mir in die Jahre gekommen aber genauso unverwüstlich wie ich.

Susi schleicht sich am Freitag an mich ran und fragt säuselnd, ob sie nicht mitfahren könne.

Ich schaue ihr einen kurzen Augenblick in die Augen und antworte: „Warum nicht. Aber du fährst mit deiner Harley, um das klar zu stellen. Da bin ich Eigen drin, denn auf der Panhead zu zweit ist einfach blöd."

„Na klar doch, ich will ja schließlich nicht mit dir zusammen liegenbleiben", antwortet sie grinsend.

Morgen früh werden wir also beide eine kleine Tour machen: einmal Ostsee und zurück. Lange dauert diese Fahrt nicht. Mit der alten Panhead kann ich nur 120 bis 130 km in der Stunde fahren. Ich will das alte Schätzchen nicht überfordern und dann noch auf der Bundesstraße oder gar der Autobahn liegenbleiben. Schon bei dem Gedanken graut es mir. Außerdem, wenn Susi schon eine Panne heraufbeschwört, darf sie auf keine Fälle eintreten.

Nach einem kräftigen Frühstück setzen wir uns auf unsere Harleys. Ich brauche etwas länger beim Starten, da ich das Teil antreten muss. Als es nach zehn Minuten klappt, setze ich mich erschöpft drauf und fahre einfach los. Susi kommt grinsend hinter mir her. „Fängt gut an", denke ich bei mir. Die Fahrt verläuft dann aber reibungslos. Wenn die Panhead fährt, dann fährt sie auch. Jetzt ist das kleine Problem mit dem Start vergessen und ich freue mich einfach. Es ist ein anderes Fahrgefühl und ich genieße es.

An der Ostsee angekommen, suchen wir uns ein Hotel und gehen gleich an die Bar – okay, nicht gleich. Erst, nachdem ich mit einem Lappen ein wenig Öl am Motor abgewischt habe. Tja, damit war zu rechnen. „Wenn eine Panhead nicht ein wenig ölt, dann ist es keine Panhead", so lautet ein alter Biker-Spruch.

Wir trinken einige Whiskys und gehen, da wir auch nicht mehr die Jüngsten sind, früh ins Bett. Am nächsten Morgen fahren wir wieder zurück nach Haus. Es sollte ja auch nur eine kleine Ausfahrt sein, mehr nicht.

Susi und ich werden noch so lange mit unseren Harleys fahren, wie es altersbedingt und natürlich gesundheitlich geht. Bei meinen Club-Brüdern gilt das Gleiche: Nur der Tod befreit uns vom Fahren, denn dann können wir nicht mehr den Wind spüren. Dann sind wir frei wie der Wind in Harleys-Heaven.

Wieder zu Hause angekommen, denke ich laut darüber nach, ob ich das Richtige über mein Leben und meine Lebenseinstellung denke.

„Aber sicher doch", betont Susi. „Wir werden fahren, solange wir es noch können. Das ist doch klar."

Ich sage ja auch immer: „Solange man Motorrad fährt, ist man auch ein wenig frei. Zumindest fühlt man es."

Also dann: Auf die nächsten 30 Jahre …

Schlusswort

Dieses Leben wie geschrieben
ist nicht immer einfach,
aber abenteuerlich
und zu meistern
ein Wunsch vieler.

Lommel